KB102820

저 달, 발꿈치가 없다

시와반시 기획시인선 014

저 달, 발꿈치가 없다

박윤우 시집

시와반시

| 차 례 |

| 1부 |

공터

들어온 골목이 나가는 골목을 찾느라 두리번거
린다
안 닿는 데를 긁으려고 억지로 팔을 꺾으면 거
기, 공터를 견디는 공터가 있다

저녁은 공터의 전성기, 새떼들이 공중을 허물어
공터 한켠에 호두나무 새장을 만들고 있다 묵은 우
유팩의 묵은 날짜 같은 상한 얼굴들이 꾸역꾸역 저
녁을 엎지른다

헐거워진 몸을 네 발에 나눠 신은 개가 느릿느릿
공터를 가로지른다 과연 공터가 공터인 건, 공터가
한 번도 공터 밖으로 나가본 적이 없어서다

공터에 왜 아이들이 없지? 그 많던 돌멩이들이 다
어디로 굴러 간 거야? 아무도 묻지 않는 그곳이라는
저녁, 빨랫줄의 빨래가 마르듯 공터가 마르면서

침묵하는 서랍이다가, 무표정한 유리창이다가,
필사적으로 공터가 되려는 공터가 처음 보는 이의
등처럼 어둑어둑 저문다

발목

지하철에 발목을 두고 내렸다고 썼다

촛불을 밝히고 발목 없는 기도를 한다 며칠 남지
않은 11월의 발목이 목감기를 데리고 왔다
발목을 엎지른 설탕이 하얗게 웃었다

발목을 꾹꾹 누르면 벨소리가 난다 와이파이가
터지지 않는 것은 철판으로 두른 조립식 건물 탓이
겠다

두고 내린 것이 휴대폰인 줄도 모르고, 여보세요
누가 대답한다면 그건 오류역, 아니 당산역쯤을 통
과하는 내 발목이거나 분실물 보관함이 누설한 환
한 어둠일 것이다

발목이 휴대폰이 되거나 휴대폰이 발목이 된다
해도, 아무 일도 일어나지 않는데 무슨 일이 자꾸

일어난다

　오늘은 목요일, 목요일의 발목이 발목처럼 젖는
다 밤부터 눈이 되어 내릴 거라 했다

　하루의 급소는 저녁이라고 썼다 지우고, 발목이
저녁의 급소라고 썼다 또 지운다 빈방처럼 누웠다
가 베란다로 나가 어둑어둑 건너편이 된다

　사람은 떠나도 휴대폰은 남는다 길이 미끄러우
니 조심하시라는 아나운서의 멘트에 인대가 늘어
난 골목이 폭죽처럼 터진다

　눈을 뜨면 또 어제겠다 와이파이가 터지지 않았
으므로

저 달, 발꿈치가 없다

저 달
월형削刑을 받았는가 보다

발꿈치가 없다

종이로 고양이 접기

1. 꼭지

무른 빛을 물고 오더니 이번엔 모서리다 반질반질
윤이 서린 모서리, 골목모퉁이를 물고 올 때도 있다
왜 자꾸 물어 오니? 대꾸 없이 그냥 물고 와 해찰한
다 앞발로 툭툭 치다가 굴리다가 구부러진 데를 꾹
꾹 눌러도 보고 어디에 던졌다 되받기도 하고

핥으면 말랑해지는 꼭지, 얼른 꼭지 따고 들어간
고양이가 안쪽에서 꼭지를 물어 당긴다 풋사과의
배꼽도 같고 두 살배기 잠지도 같은 꼭지 속에서 갸
릉갸릉 내다보는 고양이, 자꾸 하늘 가까운 데로 올
라가고 싶은 고양이의 얇은 숨결, 청미래덩굴 같은

고양이가 제 꼬리를 핥다가 새들새들 눈을 감는다
창밖엔 실비, 눈까풀 간질이듯 실비가 내린다

꼭지야! 좀 내다봐 봐, 비 오잖니. 우산 쓴 사람들이 걸어가잖아, 우산 안 쓴 사람도 걸어가고, 젖은 사람, 더 젖은 사람, 이미 젖은 사람, 젖어도 더 젖는 사람

꼭지야! 꼭지야! 부르는데도 실눈도 안 뜨는 실비 같은 꼭지

2, 고양이 재우기

고양이가 상자 속으로 들어가자 고양이가 들어간 상자가 되었다
고양이가 밖을 내다보면 상자는 고양이가 밖을 내다보는 상자가 될 거다

창밖엔 달, 고양이 발자국 같은 띄엄띄엄 달무리

발목이 접질린 상자가 자세를 휘인다 고양이 방석이 된 상자, 저 상자도 슈트의 바짓날처럼 빳빳한 시절이 있었을 거다 청 테이프 두르고 먼 길 떠나던 시절이 분명 있었을 거다

　　누가 실어가라고 상자를 바깥에 내다놓는다 수거된 저 상자는 상자가 되기 위해 잠깐 상자가 아닌 상자가 되었다가 다시 상자로 돌아오겠지

　　고양이가 까무룩 잠이 들자 꼬리 달린 상자가 되었다 상자의 잠 속에 가득 고양이가 고였다

　　저 고양이가 고양이를 담은 상자거나 상자를 담은 고양이라면 상자는 지금 고양이를 내다보고 있는 것, 그러니까 고양이가 고양이를 열고 고양이 바깥을 내다보고 있는 거다

문득

책을 읽다가, 창밖을 내다보다가
거기, 문득
문득을 마중하는 개나리, 문득을 견디는 빨래

삐걱, 바람소리가 단잠 깨우는 그러니까 문득,
기어코 문득, 어쩌다가 문득, 문득이 문득을 열고
문득 속으로

샛노란 개나리가 샛노란 개나리를 못 본 척 마지
막 꽃잎을
툭, 떨어뜨려
문득 중이던 내 등허리 실금이 환하다

빨아 널었던 문득을 걷어 서랍 속에 개켜 쟁이던
내가 무턱대고나 아무튼 같은 개 한 마리를 앞세우
고 집을 나서려는데

비 올라, 서답 좀 걷어라!

경대 위에 걸어두었던 납작한 어머니가 내다보며
납작하게 문득

가시엉겅퀴

가시 없는 뻐꾹채 가시 없는 조뱅이 가시 없는
절굿대
그 옆에 가시 없는 수리취
또 그 옆에 샅샅이 가시 돋친 가시엉겅퀴

대궁서껀 이파리서껀 달빛 절이고

오르막을 생각하면 발목이 환해지고, 내리막을
생각하면 여울물소리가 들려
드문드문 초록 귓바퀴 돌고

물 길어 쌀물 안친 죄, 햇빛 훔쳐 꽃 헹군 죄
물은 흘러도 산그늘은 늘 제자리

유똥치마 자미사 본견 저고리에 자주 고름, 철벙
철벙 개울물 건너듯 건너가고

뺨 가웃 저녁 볕뉘, 마름질하던 바람이 가던 길
을 마저 간다

가시 없는 뻐꾹채 가시 없는 조뱅이 가시 없는
절굿대
그 옆에 가시 없는 수리취
또 그 옆에, 샅샅이 가시 돋친 가시엉겅퀴

동고비

동고비 부리가 낱장으로 쪼아 넘기는
살구나무 달력

누가 백주대낮에 엉덩이를 까고 종주먹을 들이
대나, 기립박수를 치나, 하늘 귀에 분홍 구멍이 낭
자하다

살구꽃 그늘에서 살구술을 마시다 잠이 들면 살
구꽃이 져야만 술이 깨겠다

누군가의 질문과도 같고 또 누군가의 육필 자백
과도 같은
늙은 살구나무가 숨가쁘게 밀어내는 분홍, 분홍
을 부려놓은 바람이 가던 길을 마저 간다

저 꽃이 지고나면 꽃 진 자리 시 한 줄 여물겠지
대낮이 대낮의 속도로 이우는 사월을 늙은 시인

이 분홍에 타서 기울이고 있다

　하늘색 동고비와 동고비색 하늘이 살구나무 가
지 사이로 주기酒氣를 염탐하는
　시나브로 분홍, 차마 분홍

　그러니까, 간지럽다는 데가 사월의 뒷덜미인가,
발바닥인가?

　살구꽃이 묻어나는 기침을 꽃그늘에 내다버리다가
　동고비의 안부를 귓바퀴로 여미다가

아주 멀고 긴 잠깐

104동 꼭대기층 베란다에서 한 뼘쯤 바깥, 누가
공중에 떠 있었다

누가 무슨 말을 꺼낼 때 있잖아…, 하다 잠깐 멈
춘 입술모양처럼 떠 있는 거다
잔디 깎던 인부들이 밥 먹으러 간 뒤여서 예초기
가 잠시 멈춰 있었다

우그러졌던 공중이 쫙! 아래로 펴졌다
베란다에서 공중으로, 공중에서 바닥으로 주소
를 말소하는 그
그는 몸으로 몸의 속도를 넘는 거였다

폴리스라인이 쳐졌다 웅성거리는 사람들, 경찰
이 베란다를 향해 카메라 셔터를 눌렀다
알리바이가 불분명한 뷰파인더 속 베란다

저녁을 먹고 물소가죽 소파에 기대 리모컨을 누르자 땅바닥에 엎드렸던 흰 스프레이 테두리가 TV 화면에 납작하게 떠올랐다

　미루고 있지만 결국은 죽을 사람, 죽음 따위 생각할 겨를도 없다는 사람들이 이미 죽어 더는 죽을 수 없는 사람에 관해 침을 튀겼다

　채널을 돌리자 웃음소리가 쏟아졌다 나도 따라 웃었다 웃다가 내가 왜 웃지? 생각하는데 누가 나를 탁! 닫는다

　닫힌 채로 바라본 건너편 거기, 무언가 또 떠 있다
　아주 멀고 긴 잠깐
　아침 햇살에 갇혀 부유하는 식탁 위 먼지처럼

걸이

철물점 주인이 거어, 리이! 또박또박 일러줘서
알게 되었다

안이 밖으로 못 나가게, 밖이 안으로 못 들어오
게 걸어두는 걸이
가끔 도둑을 부르기도 하는 구멍 뚫린 양철쪼가
리 암걸이와 구부린 철사 숫걸이

구석만 무성한 안을 왜 굳이 잠가야 하는지?
나를 몽땅 도둑맞고 바깥만 남은 건 아닌지?

번호키와 지문, 홍채인식 시대에 무얼 지키자고
여태 철물점 구석을 차지하고 있는 걸까? 생각을
여닫는데
개당 천 원입니다 철물점 주인이 나를 벌컥 열어
젖힌다

숫걸이를 문에, 암걸이를 문설주에 쾅쾅 박고 닳은 숟가락 하나를 꽂아 완성이다

나 지금 잠겼으니 열지마세요 걸이가 반짝, 낯빛을 바꾼다

바깥이 궁금한 우리 집 고양이, 그게 외출 금지령인 줄 진작 알아챈 거다 일찌감치 문 밖에 나가 앉았다

내가 너를 들면 네가 나를 나던, 걸이 한 벌로 문득 깊어지는 방, 고양이는 나가고 내가 갇힌다

똥

누가 덜어 논 무게일까요 몸피가 어지간한 똥 한
무더기, 산책로 기슭에 감중련坎中連하고 앉았더랬
습니다

발목이 흰 검정개 한 마리가 그걸 안간힘을 다해
바라보며 목줄에 끌려가고, 스포츠머리 오리털 파
카가 앞섶을 까더니 거기에 섭섭지 않을 오줌 한
바가지를 보태고 갑니다

쬐그만 늦이 순식간에 생겨났는데요 풍뎅이 어
슷비슷한 게 하나 거기서 기어 나왔는데요 똥무더
기 앞에서 똥무더기를 우러르다가 가위처럼 자갯
빛 등딱지를 펼치며, 드문드문 무지개도 날리며 뽐
내기 한창입니다

이런! 냄새도 향기로이 똥이 똥을 마구 실천하는
중인데요

제 무게가 버거웠던 걸까요 일이관지一以貫之 하늘을 쇠뿔처럼 들이받던 똥이 자세를 풀고 길 쪽으로 조금 나앉습니다

두 시에서 세 시 사이

개들이 대낮을 잡아당기는 방죽 길, 와이셔츠 한 장이 손바닥을 마주치며 지나간다

유모차가 꽃무늬 블라우스를 끌며 지나가고 앞산이 낮달의 초록 어깨를 짚으며 개울물에 떠 지나간다

오월을 재운 바람 한 자락이 유월의 옷깃을 골똘히 헤치다가 길 바깥으로 비켜선다

분명하지 않은 그 요일曜日의 알리바이도 후드티를 입고 지나간다

지나간 것은 지나가고 지나가지 않은 것은 항상 지나가지 않는다

두 시가 세 시를 훔쳐보고, 세 시가 두 시를 곁눈

질하는 두 시와 세 시, 세 시와 두 시 사이

경기도 용인 양지천, 시멘트 방죽길이 잘 생각나
지 않는 누군가의 기일忌日처럼 지나가고 있다

방이 되는 법

새벽 두 시가 새벽 세 시를 추월할 때까지, 새벽
두 시 십분이 새벽 세 시 십분에게 추월당할 때까
지 장롱 들어낸 자리, 또는 그 자리에 쌓인 먼지

방바닥은 종일 천장이나 쳐다본다 구석은 구석
처럼 접어 귀뚜라미에게 임대하고 기둥에 경첩 달
듯 귀 하나쯤 달아둘 것, 자주 무엇이 궁금한 무너
미 섬이 되어

기억나는 사람마다 너는 갈매나무, 너는 개암나
무, 너는 노린재나무, 너는 누운노린재나무, 불러
보고 싶은 이름들을 갖다 붙일 것

누워서 하는 생각은 생각도 납작합니다 납작하
게 자라는 생각은 납작한 잠에 위탁할 것

전깃불을 켜면 바닥이 일어서는 대신 벽이 눕습

니다

방이 내장이라면 나는 내장 속을 유영하는 유쾌
한 숙변宿便 내장처럼 비좁아도 방은 방, 사실은 내
가 진작부터 누군가의 방이었을 테니까 저기 저 달
빛도 방이 되려고 깊어지는 중일 테니까

딸 둘이서 마당에 유기견 두 마리를 풀어놓고 아
내가 되러 갔습니다 그놈의 실화實話는 겨울 내의
같은 걸까요

귀를 세우고 쳐다보는 저 두 마리 방을 무엇으로
채울까요

웅덩이

공중은 구름의 계단
빗방울은 구름이 벗어놓은 맨발이다

웅덩이는 구름의 하반신
웅덩이가 웅덩이를 빠져나간다

두물머리

서울을 다녀온 가을과 오리의 뭉툭한 부리
물기슭이 된 오후 네 시
가을이 제법 구체적인데 물이 물로 빼곡하다

물길이 물을 닦는다 광발 나는 저 물 곁에서 누
구는 언약을 하고, 누구는 한눈을 팔고, 누구는 담
배를 문 채 내렸던 바지를 올리고 또 누군가는 물
을 퍼 담아 물침대의 매트를 채우겠다

오리가 물에 부리 모양의 구멍을 낸다 구멍 속으
로 낙하한다 오리가 오리를 부려 넣고, 부려 넣은
오리를 오리가 들어낸다

부리를 앞세우는 새, 물갈퀴를 벗어두고 떠난 새
한 마리

바바리코트의 깃을 세운 중년 여인이 반백 신사

의 겨드랑이에 날개처럼 돋았다 모텔 현관문을 밀
고 들어선다

　나오려고 들어가고 들어가려고 나오는 사람, 그
리고 오리백숙
　분질러진 이쑤시개 같은 오후 네 시, 늘 네 시 5
분 전인 백숙집 들마루, 손차양을 한 늙은이 하나
십전대보탕에 초토화된다

　서른하나 서른둘, 서른일곱, 쉰셋……
　들락거리는 오리주둥이

　청머리오리 등짝에서 또르르 굴러떨어지는 자줏
빛 가을
　가을을 타는 누군가 좌변기의 물을 내리고, 누가
벽 너머에서 그 물소리를 듣고 있다

오후 네 시가 온데간데없다 물이 된 두 물머리
처럼

풍경B

종로 3가역 5번 출구로 나와 탑골공원 뒤 담벼락
을 끼고돌았다

3,000원짜리 노인들이 이발을 하고 있다
2,000원짜리 노인들이 황태해장국 순대국밥을
뜨다가 지나가는 나를 국물보다 멀건 눈으로 내다
본다

백동전처럼 하얀 노인이 200원짜리 커피자판기
앞에서 동전 하나를 만지작거리며 둘러보고 서 있다

늙은 인절미가 인절밋집 가판대에 기대 인절미
처럼 존다

무료급식소 계단 아래 구정물처럼 고인 등허리
들, 그 등허리들의 질긴 식욕을 관람하는 데는 돈
을 받지 않았다

여자아이가 휴대폰에 대고 종삼이야! 종삼이라
고! 종삼이라니까! 소리치다 힐끗 나를 돌아본다

길 건너 유스호스텔 유리창에 하나둘 불이 들어
오고 있었다

개를 가르치는 오후

개에게 모자를 씌운다
개가 모자 쓴 개가 되었다

인사를 건넨다
모자를 벗고 내 인사를 받아 챙기는 모자 벗은 개

오후였고 비가 온다면
개란 비의 어떤 악천후일까 비에 젖는 오후 같은
걸까 오후에 젖는 비 같은 걸까

너 지금 배고픈 거니? 끼니를 챙기는
말이란 어떤 식욕일까

가방끈이 짧은 개, 연체되는 개
개를 팔아 개를 사면 돌아앉는 개의 허벅지

개를 번역하면 어떤 모자가 될까

개의 이동경로를 쫓아가면 떼로 죽은 개의 무덤
이 있다

외면하고 바깥을 내다보는 개

개란 또 어떤 질문일까 암만 생각해도 개에게는
개를 가르쳐야 하는 오후

개가 자꾸 짖고 있으므로, 한때 나도 짖어대던
개였으므로
일단 모자부터 벗고 개에게 정중하게 인사를

계단

계단이 자고 있을 때 세상은 낮고 평평했다

최초에 계단을 올라간 것은 명백히, 계단이 아니라 계단을 만든 인부들이었다 그들이 계단을 계단이라 불렀으므로 높은 곳이 더 높아졌다

미농지처럼 마른 귀가 목조 계단의 근육질 바람소리를 받아 적는다

뚜벅뚜벅 계단을 내려가는 빗물은 몸알갱이가온통 발, 떨어져 혼비백산 기절한 빗방울들을 보면물의 발이 서러워진다

에스컬레이터를 타면 내가 밀가루 포대처럼 착해지는 기분, 컨베이어 벨트에게 자꾸 미안하다

어제 바퀴 위에서 잠든 노파의 두 발이 되어 계

단을 올라갔다

　멈춰 선 바퀴를 보니까, 자기 전에 뽑아 유리컵에 담가두었을 그미의 틀니가 생각났다

　한 발로 아래 계단을 디디고 한 발은 앞선 계단을 향해, 연신 오금을 접었다 펴며 계단 흉내를 낸다

　계단이, 계단이 되려고 호모사피엔스 두 발 부족을 기다려 왔다는 말은 사실이겠다 계단이 잠들면 세상은 더 고요하고 더 평화로워진다

　태초에 계단이 있었다 발을 딛고 계단이 자란다

어떤 4월

봄이 또 도지는 광주 오포 폐차랜드
달개비인지 꼭두서니인지 어린 순笋이 폐유에 쩐
고철 틈바구니를 비집고 있다

면상이 사정없이 뭉개진 소나타택시 한 대가 레
커차 크레인에 멱살이 잡혀 끌려 들어온다 일단 호
적부터 파낸 뒤, 신발을 벗기고 링거호스를 걷어내
고 장기를 적출한다

500톤 유압실린더에 오후 두 시가 가망 없이 납
작해지는 소리
수리비와 연료비, 사납금 걱정이 사라지는 세상
으로, 소나타라 불리던 한 생이 저렇게 끝이 났다

쓸 만한 트랜스미션을 헐값에 건진 중늙은이의
입꼬리가 살구나무 가지처럼 휘어진다 브레이크
패드 한 쌍은 덤, 발품이랬다

과수원을 밀어 폐차장 부지를 닦던 불도저 기사
가 눈에 밟혀 한 그루 남겨둔 걸까, 준공 식재 목록
에 살구나무가 눈치 없이 끼어든 걸까?

 차려 입고 나서는 저 분홍들이 없었다면 봄이 과
연 이 난장을 찾기나 했을까?

 무작정 날아올라 무연고 시신을 부검하듯 찬찬
히 내려다보는 여기, 또 저기 분홍

지나가다

할딱거리는 내 중고 소나타를 개비해보자고
일죽 이죽 삼죽 지나, 대소 생극도 지나 금왕꺼정
다릿발 아래 대한민국해병대금왕전우회 우울한
컨테이너하우스를 지나
개업 4주년 기념, 목살 삼겹살 600그램에 9,000
원 대방출, 금왕못생긴돼지를 지나
금왕읍 행정복지센터의 태극기와 새마을기를 지나
타이어 신발보다 싸다, 타이어뱅크 막무가내 현
수막을 지나

눈은 눈끼리, 잎은 잎끼리, 눈도 잎도 아닌 것들
은 눈도 잎도 아닌 것들끼리, 끼리끼리 수군대는,
수양인지 버들인지 무슨 내 하고도 방천, 이른 봄
방천, 방천 옆 금왕중고차시장엘 가 엎질러졌네

하마 저녁. 딜러는 사라지고, 개 같은 늙은 경비
인지 경비 같은 늙은 개인지, 다 된 저녁에 차 팔러

오는 별 미친 녀석을 다 보겠네! 혀 차는 소리가 뒤통수를 후려치네

얼마나 물이 고팠으면 온몸이 다 빨대가 되었을까?
공중 뿌리 틸란드시아 분을 세 개씩이나 내건 채, 문 닫고 가고 없는 금왕과부네 꽃집
꽃집 옆 찻집, 찻집 옆 슈퍼, 들머리 자판기
한데 내놓은 플라스틱 의자에 나를 종이컵 구기듯 구겨 앉히는데 커피도 여러 잔 마시면 오줌이 마렵겠다
몸의 반절은 의자를, 나머지 반절은 무릎을 짚고 아랫도리 쓱 내리고 볼일 보는 블록 담장

있지도 않은 기척에 퍼뜩 여미는 앞섶
저녁이, 일죽 이죽 삼죽 지나, 대소 생극도 지나 금왕꺼정 납신 저녁이

거덜나서 더는 굴러가기 싫다는 내 소나타와
　우두망찰 속창이 틸란드시아 공중 뿌리처럼 갈
래진 나를 힐끗 보고 지나가데
　보기만 하고 암말 없이 그냥 가데

점경點景

인부들이 모두 돌아가고
철제 비계飛階가 철제 비계飛階끼리
남아 은인자중
사선斜線을 실천하는 공사판

잔뜩 인대가 늘어난 하늘이
기어코 비를 뿌리는데
어디서 누군가의
오금이 비보다 먼저 젖는데

저기 비둘기 날아간 자리가
비둘기인 척
비둘기를 연기하며
오는 비를 다 맞아쌓고 있다

삼팔광땡

이제 달만 뜨면 되겠다

꽃패 한번 잡아 보겠다고 엉덩이 밑에 숨긴 3월 벚꽃 한 장, 방석 밑에서 만개해 있다

이승이 죽어야 나가는 판이라면

여기는 털려야 나가는 판이겠다

너무 오래 깔고 앉으면 꽃물 들 텐데, 만월 공산은 어느 산등성이에 홀패로 서 있나?

음복주가 몇 순배나 돌고 있는데

달은 지랄맞게 뜨지 않고 깔고 앉은 3월 벚꽃은 염치없이 애만 끓인다

한사코 달 없이 끝나는 파장

장례식장 계단을 나서니 어라!

하늘은 둥두렷한 만월 차지고 땅은 3월 벚꽃 흐

드러진 꽃비 차지다

바야흐로 이승이 삼팔광땡이다

싱크홀

누군가의 손전등에 들키는 밤이다

자정 근방을 서성이는 꽃그늘은 통화권 밖의 귀
왁자하게 웃다 버린 분주한 방심이겠다

빛을 피해 그늘이지만 서로를 너무 오래 쓰지 않
아도 그늘이 진다
앉아 쉬는 그늘을 멀리서 온 바람이 핥고 지나간다

날씨 이야기로 입을 떼는 건, 요점을 지우는 일,
먼지처럼 흥건한 혼잣말이다

3월은 진작 시들었고 4월 마저 헝클어지는데
송파 어딘가에 사람 몇 넉넉하게 들어갈 구멍이
뚫렸다 했다

꽃차례 씨! 슬슬 헝클어지세요 시들어버리세요

누가 투정이라도 부리는지
밤이 온통 꽃 속으로 함몰하고 있다

비둘기 날아간 자리가 비둘기인 척 앉아 꽃비를
맞는다

아!

　손나팔을 한 아이가 '아!' 하고 외친다

　단숨에 건너간 '아!'를 냉큼 받아먹은 건너편 강
둑이 절반은 흘리고 애바른 '아!'만 골라 아이를
향해 '아-' 되돌려 보낸다

　잘 받았다는 듯, 이것도 한 번 받아보라는 듯, 아
이가 다시 더 크게 '아!' 하고 외친다

　이쪽 둑에서 저쪽 둑으로 또 저쪽 둑에서 이쪽
둑으로 물수제비뜨듯 회돌아 미끄러져 건너가고
건너오는 '아'

　버들치 한마리가 가라앉은 '아!' 주위를 맴돌다
물방울을 밀어 올릴 때 수초 사이를 어슬렁거리던
자라가 '아!'를 피해 납작한 바위 밑으로 푸른 등
딱지를 부려 놓는다

강 아래쪽에 귀를 내주던 아이가 주먹을 쥐고 냅
다 뛴다

아이가 뛰건 말건, 강 건너 '아'가 아이를 불러
세우건 말건 물은 아주 떠내려가려는데 산그늘은
제자리다

'아!'에 한눈 팔던 물 낯바닥이 산그늘 같은 몸을
뒤집는다

찰랑거리는 요일

하느님이 출몰하곤 한다는 카페 '가벼운 농담' 으로 간다
한 손엔 연두색 파리채, 다른 손엔 깡통 따개

파리채 공장장이 연두색 파리채를 고집하는 건 연두색 염료가 남아돌았기 때문, 캔디 깡통 속으로 들어간 지 일 주일째라는 하느님, 하느님을 꺼내지 못하는 건 깡통 따개가 없었기 때문

저녁 여섯 시와 저녁 여섯 시의 파리채와 저녁 여섯시의 하느님을 때려잡고
크림 듬뿍 라떼 한 잔

이건 비밀인데 백 년 후에 나는 없고, 하느님과 파리는 남을 것, 너도 남아 내 바지를 입고 빗맞은 파리처럼 아크아크 웃겠지

죽은 하느님과 부활한 하느님은 어느 쪽이 더 멋져 보일까

　한 쌍의 파리가 여름 한 철 퍼트릴 수 있는 파리의 개체수는 325조 마리, 개체 수에서 일단 우리는 지구 주인이 아니다

　죽어도 죽지 않고 살아도 살지 않는 하느님
　하느님도 일요일 한가지라서 리필을 받으려면 한 주일을 더 기다려야 한다

　언젠가 누군가의 Mammy가 될 여자아이가 막대 사탕을 빨며 걸어가다 카페 안을 힐끗 들여다본다 치잣빛 머릿결이 찰랑거린다

　파리가 앉은 커피잔을 쏘아보던 나
　망할 파리채는 어디 갔나? 두리번거리고

위대한 농담

패키지여행을 같이 가잔다
퐁피두센터에 마르셀 뒤샹 특별전이 열린다나

우리 집 변기도 뒤샹을 만났으면
〈R, Mutt〉떡 하니 금테 이름표 달고
나 좀 봐라, 중인환시리衆人環視裡에 치즈, 혹은 김
치 입꼬리 올릴 터인데
좀생이 나를 만나는 통에
바람벽에 매달려 주구장천 내 오줌을 넙죽넙죽
받아 삼킨다
꼬르륵 꼴꼴 입맛을 다신다

요긴해도 멀리 두고 싶은 변기를
찾아가서까지 볼 거 있나?

아가씨, 바보, 가난, 어머니, 위생기구 회사, 샘

이름이 뭐였든, 무어라 갖다 붙이든
남의 집 변기 묵은 사연까지 챙길 일 있나?

변기 보러 갑시다, 농담만 같아서
비행기 멀미 핑계 삼아 그냥 우리 집 변기에 대
고 오줌을 갈긴다

화장실 유리창 밖 하늘이 낙낙히 푸르다

빨대 생각

　빨대는 10분 전에도 빨대, 10분 후에도 빨대다

　골목으로 접어드는 물안개를 바라볼 때, 내가 물
안개처럼 한숨 자고 일어나 자세를 고쳐 앉을 때,
개 짖는 소리가 창을 넘을 때까지 빨대는 계속 빨
대다

　빨대의 은유는 빨대이므로, 빨대의 장르에는 빨
대밖에 없을 것이므로 빨대는 빨대에 집중한다

　누가 빨대의 행적에 대해 묻는다면, 누가 빨아주
기를 다발로 기다리다 지금은 그저 누워 낱개로 뒹
구는 중이라고

　꽂혔거나, 떨어져 있거나, 질겅질겅 씹히다 그냥
저냥 바람에 구르더라도 개 꼬리가 되고 싶다거나
새의 날개가 되고 싶다 말한 적 없다

한 번도 빨대 바깥으로 나가 본 적 없는 빨대처
럼 나 또한 잠시도 내 밖으로 나가지 않고 오후 한
나절을 뒤적이고 있다

  콜라도 다녀가고 주스도 잠시 머물다 떠난 빨대

  사정없이 구겨진 빨대 하나가 지금 막 내 손아귀
를 벗어나, 빨대가 아닌 것들이 모인 곳으로 거소
를 변경 중이다

어느 날

늦은 밤 편의점은 안성탕면 너구리 신라면 빈 봉
지처럼 납작해지기, 우유팩이나 삼각김밥처럼 유
통기한에 쫓기기

당근주스는 당근주스를 견디느라 붉고 누가 두
고 간 비닐우산은 벽을 견디며 바닥을 적신다
길 건너 은행이 ATM 코너 덕분에 빛날* 때 분리
수거 투입구는 붐빌 대로 붐빈다

새떼 따라왔는데 새가 안 보여!

하바롭스크에서 보낸 여친의 선곡은 '끼노, 빅토
르 최'의 〈8학년 여학생〉
이어폰 음소거 버튼을 누르고 담배 한 갑을 건네
는데 거스름돈을 잡아채는 자동차의 경적
누가 또 이 야심한 밤에 스키드마크를 그리는 걸까

시급 칠천오백삼십 원, 알바가 똑딱이는 볼펜 소
리를 과묵하기가 닳은 문지방 같은 일곱 평 반이
듣고 더 하얘진다

* 김유림, K씨 이는 가지런해요

벗다 · 1

아뿔싸. 신발을 벗는다는 게 발을 벗고. 네 입술
이 다녀간 머그잔을 후후 불며 후후도 벗는다 저
기 저 마구 벗어진 건 페인트일까 냉장고일까 낭떠
러지일까 아무러면 어때, 어때를 벗고 소파가 된다
저 여자의 혀는 페인트가 벗겨진 냉장고 같아 잠
설치는 냉장고, 그냥 소파거나, 가령 가발 대신 머
리를 벗는다면 용서하는 소파 용서하는 침대가 되
어줄까 아무 때나 나서는 가령, 가령처럼 출몰하는
왜, 왜 벗었니 이 추운 날 한데서 왜 벗었니 샤워할
것도 아니면서 왜 벗고 그러니 대답이 질문을 벗고
웃어넘기다가 웃어넘기다를 벗고 안 벗었어 안 벗
었다고 그러니까 안 벗으려고 벗었다고 지구 밖으
로 소파를 벗어던지면 소파를 벗어던진 지구가 된
다 벗지 않았는데 벗은 것 같은 벗었는데 벗지 않
은 것 같은 약 오른 혀가 벗은 벗고를 또 벗기는 소
파 위의 아침, 벗다란 무엇일까 침대에게 쫓긴 소
파 같은 걸까 왜 벗지도 않고 자는 거야, 저 여자

의 역정 같은 걸까 전화하지 마! 뒤도 안 보고 나가
버린 그녀의 뒤꿈치 같은 걸까 암만 생각해도 그걸
모르겠는 아침, 벗어야 입을 수 있는 거니까 벗은
발을 또 벗을 수는 없는 거니까, 일단 따순 커피부
터 한 잔

벗다 · 2

비둘기가 날개를 벗고 날아가다니!
손바닥 같은 날개 한 짝이 수원역 하행선로 자갈
밭에서 늦은 바람을 맞으며 뒤채고 있다

바퀴를 벗은 1톤 트럭 선로를 벗은 무궁화열차
경유엔진을 벗은 통통배 얘긴 들어 봤어도, 날개를
벗은 비둘기는 처음이다

일회용 분홍칫솔 녹말이쑤시개 저 혼자 수척한
나무젓가락이 날개를 벗은 비둘기, 아니 비둘기를
벗은 날개와 수상한 숙의를 거듭하며, 자꾸 어딘가
로 떠나려 한다

아버지가 엄마를 벗었을 때 엄마는 여자를 벗었
다 나는 아들도 벗고 집도 벗었다

한사코 발목에 저녁나절이 고여드는 가을 플랫폼

목포행 KTX가 들어오고 있습니다 승객 여러분은
한 발짝씩 물러서시기 바랍니다

빤쓰

엄마 따라 빤쓰를 사러 갔다 엄마는 아빠의 드로
즈를, 나는 트렁크를 샀다 엄마가 고른 아빠 빤쓰
는 음낭 주머니가 따로 달렸다 누드톤이었다 한번
만져 보세요 매니저가 엄마 손을 잡아끌었다 내가
백바지에도 무리 없겠다며, 아버지가 이걸 입고 토
크쇼에 나가도 좋겠다고 하자 매니저가 웃었다 엄
마는 웃지 않았다 엄마는 민감 피부에는 아웃밴드
인데 아웃밴드 싫어하는 아버지가 이상한 사람이
라고 했다 내가 아웃밴더의 곡은 너무 축축하다니
까, 엄마는 러블리하지 않니? 하며 핑크색 빤쓰 한
장을 더 골랐다 하긴 브랜드 빤쓰를 입고 관계해야
에프터에 도움이 된다는 형의 말은 몽땅 구라다 형
이 에프터면 나는 비포다 자고 나니 빤쓰가 또 흥
건히 젖어 있었다 형 몰래 가져다가 쓰레기통에 쑤
셔 박았다 그날, 형이 실실 쪼개는 걸 보면 엄마에
게 일렀음이 분명하다 넌 왜 빤쓰를 갈아입지 않
니? 엄마의 아침이 사금파리처럼 차고 날카롭게 내

등골에 날아와 꽂혔다 대관절 빤쓰란 무엇인가? 실실 쪼개는 형의 뒤통수?! 빤쓰의 허허실실! 헌 빤쓰입은 날은 불시 보건검사를 하거나 신체검사를 하는 날이다 그러니까 빤쓰가 편하면 하루가 편하다 일이 꼬인다면 그건 필경 빤쓰 탓이다 빤쓰에 관해 심포지움을 연다고 치자 아무리 눈알이 벌겋도록 침을 튀겨도, 아무리 뇌간腦幹에 쥐나도록 궁리해도, 어차피 빤쓰가 뭔지 모른다는 참극만 확인하게 될 거다 빤쓰를 갈아입어야겠는데 아아, 서랍 속엔 역시 빤쓰가 없다 나는 소망한다 엄마 몰래 간절히 소망한다 지구가 하루 한 번씩 자전하듯이 하루 한 장씩 갈아입을 빤쓰를

늦삼월, 집성목의자는 하마 시위잠이 들고

목질이 물러 의자가 될 수 없다고, 은사시나무
의자가 아닌데 왜 자꾸 은사시나무 의자라고 우기
느냐며 타박하던 사람 찜질방에나 가고, 종일 볕바
라기하는 누군가의 설마, 누군가의 막무가내, 누군
가의 차라리, 또 누군가의 우두커니

금요일이어도 금요일이 아니어도 매한가지, 금
요일이래 봤자 달라질 게 없는, 그래도 왠지 금요
일이었으면 싶은, 수줍은 사금파리 지나 짚신벌레,
안다래끼 난 쾌종시계 지나 독거獨居, 독거獨居 지나
오후 두 시

이런? 이런? 누가 집성목의자 겨드랑이에서 볕
뉘 한 타래를 꺼내 잠물레 도투마리에 감는다
늦삼월, 집성목의자는 하마 시위잠이 들고

| 2부 |

도배공사

내가 붙잡아 줄 테니 도배 좀 해, 어두워지려는
쪽에서 밤이 걸어 나온다 우리는 얼룩처럼 환해지
다가 벽처럼 멈칫멈칫 자라다가 의자 위에서 쑥,
팔이 길어졌다

풀을 쑤어 흥건하게 풀귀얄로 발라 붙인 천장벽
지가 자꾸 내장지방의 뱃살처럼 처진다

밤새 울기만 하는, 비켜 앉을 줄 모르는 냉장고
부근부터 꾸덕꾸덕 풀이 마른다

그냥 붙잡지 왜 자꾸 당기고 그래, 너를 다그치
는, 어제보다 고요가 두꺼워 난해한 밤, 당기긴 누
가 당긴다고! 발라놓은 천장지가 다시 축 처져 도
로 바닥이 된다

후락朽落한 허파 때문에 네 묽은 살거죽이 벽지처

럼 늘어졌다

　도배 좀 하지 그래. 머리를 막 감은 네가 물을 줄
줄 흘리며 하얗게 욕실문을 나서는
　드문드문 우리 집은 도배공사 때문에 허리가 아
프다 밤마다

괄호

엄마 발톱을 깎는다

가위든 손톱깎이든 싹둑싹둑 잘라내도 아플 리
없는 발톱, 소갈딱지 없는 생각을 하며 엄마 발톱
을 깎는다

나야, 엄마!
나야, 엄마!
엄마를 불러보는데, 아는 척 고개를 끄덕이던 엄
마가 금세 또 누구시냔다

엄마가 창 너머 달을 바라보고 있다
허공처럼 앉아 달을 바라보고 있다

엄마는 용궁장龍宮場 난전에서 죙일 돈을 하고,
막 비린것 한 손에다 누이의 검정고무신과 내 흰
운동화, 감자꽃 시린 초승달을 싸리광주리째 머리

에 인 채 걷고 있는 거다

　야밤 삼십 리 길을, 없는 달무리 앞세우며 없는
달무리처럼 타박타박 건너고 있는 거다

　깎은 발톱 하나 달아나 하늘기슭에 사금파리처
럼 박혔다

무싯날

남이 마다치 않을 옷가진 진작 노나주고
여차저차 남아 이삿짐이나 보태는 죽은 이녘의
것들

마흔 하고도 다섯 해 전쯤, 큰길이 화들짝 환해
지던 신행길 옥색 두루마기 물겹치마 물겹저고리,
상표딱지가 뒷덜미를 찌른다며 큰애 원족날 한 번
입고 처박아 노린재 빛깔이 다 된 실크블라우스와
그 무렵 유행했던 형광색 올챙이무늬 혼방 후드점
퍼, 올이 늘어지고 보풀이 일어 집 안에서나 꿰던
반목티

플라스틱 간이옷장 횃대에 거둬 놓고
들며 한 해, 나며 한 해 하던 것들

이녘이 입나 내가 입나
화목보일러 아가리에 담아 목구멍 끝까지 밀어

처넣고, A4지를 불쏘시개 삼아 살살 불길을 달래는데
　불내 냇내에 애먼 눈시울만 우지끈! 퉁탕! 감겨
드는데
　새파란 불꽃이 화목보일러 속창시까지 핥으며
타오르는 거라
　무릎 자리는 무릎 모양, 팔꿈치 자리는 팔꿈치
모양으로
　하릴없이 늘어진 입성들이
　하릴없이 사그라져 재가 되는 거라

　그러니까, 따순 쇠부지깽이 거머쥐고
　들쑤시고 뒤적이는 게
　하릴없이 남은 사람의 일이겠거니?

　오늘은 해찰하듯 저무는 무싯날인데
　바튼 잔불이 이참에 몽땅 떨이라며
　봄날 남새밭 개구리 울드키 에멜무지 보채쌓더
라는

전화번호를 지우다가

우리 집에는 고양이 한 마리와 묵은 이명씨耳鳴氏
가 산다
오늘따라 내가 흔하다
나는 계단참이고 우산이고 한 번도 가보지 못한
풍경이다 우스운 일에만 웃는다

인적 드문 내소삿길, 인중 긴 꽃을 내려다보며
눈으로 만졌다
무슨 계획 같은 게 있을 리 없는 꽃
풀 먹인 모시적삼 깃동 같은 녀석에게 안녕하세
요? 정중하게 인사를 건넨다

거기, 매발톱
꽃은 폭발이 아니라 함몰이다

사월의 허리를 부축하는 미나리아재빗과 누두채
漏斗菜
대궁 위의 푸른 뿔, 안으로 안으로 구부리는

푸른 화판
끼리끼리 붐비며 함몰 중이다

잎도 안 난 노루귀가 매발톱 따라 고개를 꺾는,
매발톱과 노루귀 사이 너를 묻으며 비를 맞았다

돌아와, 식은 밥에 물 말아먹고 수첩을 꺼내 전
화번호를 지우는데, 이명씨耳鳴氏가 어딜 그렇게 쏘
다니느냐며 속삭인다

이름

아버지는 나를 낳고 윤우라는 이름을 지었다 그래서 박윤우, 어떤 이는 나를 '바규누'라 부르고 또 어떤 이는 '방유누'라 부른다 '바'가가 되었다가 '방'가가 되기도 한다 '규누'가 되거나 '유누'가 되는 건 덤이다

내가 손수 작명한 우리 집 털복숭이 흰 놈은 멍이 검은 놈은 청이, 깜냥에 볕바라기 중이다 나도 곁에 누워 녀석들처럼 졸다 보면 끝님이, 실겅이, 붙들이 부를 일 없는 친구들이 닭서리 가자고 나를 불러내는 것 같다

바다를 등지고 석회암 동굴로 숨어든 물고기 베도라치, 팔딱팔딱 베도라치는 베도라치처럼 뛰어오르고, 날기를 포기하고 헤엄이나 치는 펭귄, 뒤뚱뒤뚱 펭귄은 더도 덜도 말고 딱 펭귄이다 하늘은 하늘을, 구름은 구름을, 새는 새를, 사람은 그러니

까 사람을 빼다박을 수밖에

　유누야! 죽은 아버지가 부르는 것 같아 번쩍 눈
을 뜨는데, 깨톡! 깨톡! 해든이 어때? 해담이는? 려
시로 개명한 영자의 카톡이다 바야흐로 고민이 끝
났다 큰딸의 딸은 해담이, 작은딸의 아들은 해든
이, 할아비 휴대폰에 밤낮없이 해가 들고, 해를 담
게 생겼다

도루묵, 혹은 윤묵이

비늘이 있으면 '어', 없으면 '치'로 물고기 이름을 붙였댄다 근데 문어 숭어 장어는 비늘이 없어도 어족이고 가물치 멸치는 비늘이 있어도 치족이다 쉬리 치리 자가사리 수수미꾸리가 리족이라면 낙지 모래무지는 지족, 메기 중고기 사루기는 기족이겠다

남방종개 북방종개는 개에 살아 개로 불렀을 텐데 얼른 들으면 물에 사는 견족犬族 같다 품행도 이름처럼 자발없을지, 영산강 섬진강 강릉 남대천을 꼭 한번 들러 찾아봐야겠다

정약전이 자산어보玆山魚譜에서 다 어족으로 분류했던 족속들, 꽁치 옆에 갈치, 갈치 옆에 누치, 누치 옆에 학꽁치, 학꽁치 옆에 어름치, 그 옆에는 알배기 도루묵이다

정우 양우 범우 그 뒤에 윤우, 나는 본래 우(雨)자
항렬, 우족인데 사람들이 유누, 유누 부르는 통에
혼자 누족이 되었다

내가 밤 기슭을 헤엄치며 쓴 내 말씀은, 오십천
열목어처럼 우아해 보이고 싶긴 해도 끝물은 말짱
도루묵일 게 뻔하다
　도루묵에게 조금 미안해서 시 제목에 '윤묵이'를
곁들여 '도루묵, 혹은 윤묵이'라고 붙이고 윤묵이
윤묵이, 불러봤더니 어감이 도루묵만은 못해도 윤
우보단 나쁘지 않다

　내친김에 아침나절엔 윤치, 저녁나절엔 윤개로
부르면 어떨지, 어차피 윤어는 윤우 사촌이라 못
쓸 이름인데, 아가미도 없이 어족이 되려는지 등허
리와 종아리에서 마른 비늘이 돋아 자꾸 떨어진다

민달팽이

비가 오네, 그렇게 말하면서
그친 비가 또 오네 그렇게 말하면서
쌀을 씻어 안치면
손등에 찰랑거리는 밥물
유누는
구두밑창에서 물소리가 난다고, 자꾸 찰방거린
다고, 구두를 사야 해 온통 그 생각인데

오이 먹은 민달팽이는 오이색 똥을, 가지 먹은
민달팽이는 가지색 똥을, 당근 먹은 민달팽이는 당
근 당근색 똥을 눈다

는적는적 배밀이 하는 유누, 유누는 배가 발, 복
족강 병안목이다 자주 배가 고픈 민달팽이다

쌀이 밥이 되면, 너 배고프구나! 그렇게 말하면서
따숫할 때 먹자!! 그렇게 말하면서

아! 더 크게 아! 떠먹이면 받아먹었는데

근데 유누가 어디 갔지? 그때 그 손이 숟갈 들고
묻는다면
유누는 어차피 가망 없는 민달팽이

소갈머리 그른 비가 오체투지로 젖고 또 젖는다면

계단 깊은 집

오늘 내가 벌인 일 중 잘했다 싶은 것은
냉장고를 업고 계단을 오른 일
계단 수를 세지 않으며 한달음에 오른 일
수평을 맞춰 냉장고를 앉힌 일
그중에서도 제일 잘했다 싶은 일은
냉장고보다 더 무거운 너를 업어 준 일

오늘 내가 벌인 일 중 잘못했다 싶은 것은
냉장고 플러그를 꽂지 않고 그냥 밀어 넣은 일
도로 꺼내다 정강이에 생채기를 낸 일
그중에서도 아주 잘못했다 싶은 일은
무슨 여자가 냉장고보다 무겁냐고 생각한 일
다행인 건, 생각만 하고 입에 담지 않은 일

무슨 남자가 냉장고 하나 못 이겨?
핀잔에 난 문짝 떨어지듯 나가떨어졌는데
안다리를 잡고 호미걸이로 채며

냉장고와 씨름하던 내 정강이에
포비돈 바르고 후, 호 입김을 불어주던 너
옥탑방 계단이 아득하게 깊어지는 날이 있었다

별일 없지?

식구는 나간 사람 둘에 죽은 사람 하나, 아무나
보고 꼬리 치는 개 멍이와 청이, 그리고 나다
 말 거는 이가 나 하나뿐이어서 혼자서 무성한 집

 하늘에 실고추 송송, 감자전 한 판 떴다

 느릿느릿 기어가는 무자치 한 마리 다시 보니 나
뭇가지다 웅덩이가 하늘에 뜬 빈 비닐봉지를 물기
슭으로 걷어내고 있다

 근심이 많은 사람은 바닥을 지고 자고, 근심이
더 많은 사람은 바닥을 안고 잔다 근심 없는 나는
모로 누워 티비나 보며 조는데, 졸다 굴러 떨어졌
는데 팔짱 낀 소파, 팔짱 낀 쿠션이 떨어져서도 조
는 나를 내려다본다

 장롱 밑으로 굴러 들어간 모나미볼펜이 손이 닿

지 않는 곳을 만든다

닿지 않는 곳으로 간 사람을 떠올리는 일은, 장롱
밑으로 굴러 들어간 볼펜을 더듬어 찾는 거 같다

포항 죽도동 언덕배기 연립주택 옥상에서 빨래
를 널던 첫째 딸이 물 묻은 손가락으로 뒤적일지도
모를, 미국 KBR 휴스턴지사에서 파트타임을 뛰는
둘째 딸이 키보드를 두드리느라 지나칠 지도 모르
는 문자

별일 없지?

하늘귀 감자전 한 판 다 익도록 지나친 기일忌日,
어쩌자고 종이컵에 비벼 넣은 담뱃불이 좀체 꺼지
지 않는다

저녁이 오는 방식

여자가 된 여자와 여자가 될 여자가 찜질방에 가면 소파와 TV와 고양이와 저녁은 내 차지
목이 마르다 참는다 오줌이 마렵다 참는다 배가 고프다 차라리 눕고 만다

고양이가 냄비 속으로 들어가면 손잡이 달린 고양이가 되거나 꼬리 달린 냄비가 될 게 분명하다

여자가 된 여자와 여자가 될 여자가 찜질방에도 안 가면 소파는 고양이 차지, TV는 여자 차지, 나는 내 차지
드라마를 볼 때는 드라마만 본다 웃기면 웃고 울리면 운다

왜 벗지도 않고 자는 거야! 여자가 벌컥 나를 열어젖힐 때, 파리 한 마리가 여자 쪽에서 내 코 위로 저공으로 활강할 때 파리채는 파리를 참고, 나는

나를 참는다

오줌을 참고 잠드는 저녁, 저녁은 진작부터 저녁
차지다 이런 걸 누가 가정식 아트라고, 가정식 퍼
포먼스라고
건너편 베란다에서 이쪽을 바라보던 누가 못 본
척 돌아 들어간다

아무 일도 일어나지 않아 끔찍한 저녁, 마시다
둔 물컵이 생각 좀 해 봐야겠다는 듯이 테이블 위
에 오도카니 앉아 있다

서랍 정리

외짝으로 돌아다니는 양말은 쪽팔리니까 맨 아랫칸에, 큰맘 먹고 장만한 내 가죽 재킷은 자주 입으니까 손닿는 데 챙긴다

오줌 멀리 쏘기 시합을 하다 적신 민무늬 팬티, 저게 왜 여태 남았나 감춰야 손해를 안 보는 게 표정이니까, 표정 밑에 묻었다 혼자 꺼내 보고 혼자 웃어야겠다

너 키스해 봤니? 한 때는 시나몬향 따순 라테 같은 입술이었다
영양가 없는 모임에서 만난 영양가 없는 여자 미자, 사는 꼴이 이게 뭐냐며 아침저녁으로 들이대는 저 입술은 늘 젖어 있으니까 베란다에 널어야겠다

횃대, 우물, 나뭇가지, 모래무지…… 선생님 입술을 쳐다보며 꾹꾹 눌러썼던 초등학교 일학년 때

의 받아쓰기 공책은?

  그처럼 신기하던 말들이 네 티백 젖가슴처럼 납
작해졌다 웃겨 죽겠다를 우-껴주께따로 써도 하나
도 우습지 않은 말들, 쌓인 말 앞에서 어쩔 줄 몰라
하는 나를 서랍이 쾅 닫는다

  네가 선물로 사다 준 폴란드기병대의 찢어진 깃
발과 내가 인사동에서 주워 온 새벽 순라군이 쳤다
는 꽹과리채가 무슨 일 났냐며 두리번거린다

생각

　생각에게 생각을 맡기고 생각이 생각하고 싶은
대로 생각하게 내버려둔다

　생각을 방해하지 말아야지 그 생각도 말고, 화장
실이 가고 싶은데 가려면 일어나야 하고 일어나면
생각이 멈출까봐 참고 생각 혼자 생각하도록 생각
이 가자는 대로 내처 내달다가, 뒷목이 뻐근해 그
럴라치면 그 느낌도 생각을 막는 것이어서 접고,
다시 처음 생각을 이어 보자고 애를 쓰다가
　글자로 쓰거나 말로 해버리면 사라지고 마는 생
각, 생각 좀 해 보려는데 아무 생각도 나지 않고,
생각하지 않으려는데 자꾸 나는 생각

　생각하기 싫을 때 나는 영화를 본다

　저, 필기체 읽을 줄 아시면 이거 좀 읽어주실래
요* 이건 간밤 자기 전에 봤던 영화 대사고, 할아버

지 담배 주지 마라** 이건 다른 영화의 대사였는데
이런 생각들은 뭉클하지만 벽돌처럼 힘이 세 단단
하게 나를 뭉친다

　생각 같은 걸 왜 하고 그래! 말하던 네가, 오늘은
또 이러는 거다

　넌 왜 그렇게 생각이 없는 거니?

* 영화, Cardboard.Boxer 중에서
** 영화, 휘귀 전쟁 중에서

등 뒤가 무성하다

식빵 옆구리에 빵칼이 있으므로 빵칼 옆구리에
식빵이 있다

나 좀 보자며 막무가내 버티는, 저기 저 필통 옆
구리엔 보나마나 부가가치세 통지서거나 과속범칙
금 독촉장

좌변기 옆구리 뚫어뻥처럼 요긴한 줄 알면서도
못 본 척할 때가 있다

식구라고는 나간 사람 둘에 죽은 사람 하나다 보
채쌓던 두 딸애는 여자 되러 가선 가뭇없고, 틈만
나면 닦달하던 내 옆구리는 베개 싸들고 통째로 딴
방에 가더니 여태 무소식이다 내 옆구리 대신 가망
없이 나만 쳐다보는 우리 집 중개 멍이와 청이

어항에 샐비어 꽃잎이 한 장 떠 있다 꽃잎이 또

한 장 뚝! 떨어지더니, 먼저 떨어진 꽃잎 옆구리를
슬쩍 떠밀어본다

　어쩌다가 어항 옆구리가 된 내가 새물을 받아야
겠다고 생각하는데 하릴없이 등 뒤가 무성하다

발이 시린 날

옥탑방 외풍은 셈이 박하다
나를 지불했는데 기껏 감기를 거슬러 주었다

옷이 나를 나른다 그러니까, 옷 중에서 혼자는
내게 가장 잘 맞는 옷, 병원에나 가 보지 그래! 혼
자뿐인 내가 역시 혼자뿐인 내게 권한다

혼밥 다음 혼잠, 혼잠 다음 혼놀, 내처 혼술이다
오늘 고레벨 혼술을 시전했다

먼저 도착한 내가 찌개를 데우는지, 불도 끄지
않고 잠이 들었는지 창이 밝다 자꾸 나를 기울이는
땅, 목구멍에 손가락을 집어넣는 나를 대문이 사정
없이 들이받는다
아무래도 오늘은 나를 깨우지 말고 감기부터 다
독여야 할 듯

잔량이 바닥난 나

술에 타 마셨는지, 택시에 두고 내렸는지 머릿속
을 아무리 뒤져도 현관키 비밀번호를 찾을 수 없다

감기를 반품하고 나를 되돌려 받기란 애시당초
글렀다

발 시리단 말이야! 문 열어!

탕탕 문을 차며 잠든 나를 깨운다

눈보라

블리자드, 물 건너 온 말씀이다 자음동화가 없이
도 보드랍다
바람찬 흥남부두에 흰색 한 소절 섞으면 동쪽이
든 남쪽이든 눈보라 친다

제 무게만큼 고요하고 제 너울만큼 바람이 깃을
펴는
할아버지의 할아버지, 그 이전부터 눈보라였던,
그 말씀 어디에 가파른 풍경이 도사려서 사납다는
누명을 뒤집어쓰나?

아버지의 술냄새 끝, 누수漏水 같은 잠결 속으로
막막한 것들이 막막하게 숨어드는데

지금 창밖에는 기척 없는 소란, 자세히 보면 모
두 관절이 없는 것들, 전신이 통점이어서 낱낱이
흰 것들이다

선잠 든 아버지, 단장의 미아리고개를 넘으시나 굳세어라 금순아를 외치시나 숨소리가 내리 엇박 자다

전선야곡이 늦은 밤 가요무대를 적신다

잠

2,500원, 아메리카노 한 잔이면 창가 의자가 공짜
구름의 힙을 구경하는 것도 공짜, 눈 뜨고 조는
것도 공짜다

엄마는 나를 뱃속에 채우고 아홉 달 반을 뭉쳤다
했다
덜 뭉친 나를 꺼내 먹고 자고, 자고 먹고 동티나
지마라! 느티나무에게 물 떠놓고 빌었다고

정한수와 수수팥떡의 효능일까 리필 받은 아메
리카노가 묽어서일까 앉으면 존다
기다리는 너는 오지 않고

건너 유리창에 비치는 저 남자는 잠 좀 아는 남자,
막무가내 잠의 손잡이를 세 시간 째 움기고 있다

엔딩 크래딧이 올라가는 VOD스크린

한 편의 영화에는 몇 번의 키스신이 들어갈 수 있나? 몇 사람이 죽어나가야 끝이 나나? 키스타임은 이미 끝이 났고 죽을 사람 다 죽었는데 여태 의자를 업은 채 조는 남자

이런! 내가 저 남자였다니

입지 않을 옷이 더 많은 옷장 같은 내 잠, 사람들은 시계 방향으로 도는데 내 잠의 손잡이는 늘 역방향이다

너는 너로 바쁘고 나는 늘 내 잠으로 붐빈다

쿵쿵 들이받는 잠의 이마, 왜 깨우고 그래! 내가 나를 깨운다

상추쌈, 혹은

젖은 손이 상추 소쿠리를 들락거린다
보리밥 큰 한 술에 강된장
여름 입은 푸른 상추이파리만큼 넉넉하다

우리 집 연혁은 쌈의 기록이다. 할아버지가 상추
쌈는 할머니를 한 입에 싸버렸다는 건 공공연한 비
밀이다

죽은 할머니가 장독대 주위에 서둘러 상추씨를
뿌린다*
상추대궁전煎이 할아버지 소반에 오를 때면 쌈은
이미 끝물, 쌈맛이 시앗 맛보다 매웠겠다

통성명도 전에 권하는 게 쌈 인심
한 쌈 하시려우?
쌈 권할 사람 기다리다 여름이 다 간다

앉은 채로 섬이나 돼볼까!

부른 쌈배가 나를 끄는데 식탁 위 하우스 상추가
꺼진 나를 가만가만 살펴본다

* 뱀을 쫓으려고 장독대 주위에 상추씨를 뿌렸다 한다. 本草綱
目에 뱀이 상추와 접촉하면 눈이 멀어 사물을 보지 못한다는
기록이 있다

호상好喪

　열두 살에 시집왔다는 할머니가 아흔둘에 세상
을 버렸다
　통화권 밖의 엷은 귀들이 꾸역꾸역 자정 근처로
모여 들었다

　할머니는 평산平山 백白씨, 흰 백白자는 먹물로 써
놓아도 어차피 흰 백白자다 백白자보다 더 하얗게
센 할머니의 먹물보다 더 까만 열두 살 적 시집살
이 얘기도 막무가내로 엎질러지는

　조선시대에도 딜도가 있었다네! 가좆이라 불렀
다네!

　반백半白 아재의 껄렁한 흰소리에 없는 먼 산이
라도 볼 사람은 먼 산 보고 짐짓 부라릴 사람은 부
라렸다 혼자된 쑥부쟁이, 인동 사는 막내고모는 눈
물을 내다버리러 혼자 개울로 갔다 입 가리고 웃던

어머니는 부조금 봉투 챙기다가 고모나 찾아 봐라!
물미역처럼 늘어진 내 등을 떠밀며 플래시를 건넸다

　소맥 잘 마시는 사람이 좌장인 밤이었다 나는 그
적까지도 소맥이 볏과의 한해살이 풀인 줄만 알았
다 갑자기 효자가 되고 싶은 아버지는 여전히 눈물
콧물 바람이다 곡비哭婢보다 더 프로 같다

　딜도와 소맥과 눈물이 생게망게 애드리브로 난
장이 된 그 밤, 다들 호상이라니까 호상이 분명하
겠다

동행

　살얼음 낀 유리컵이 창가 플라스틱 테이블에 앉아 두리번거린다 저쪽엔 너, 이쪽엔 나, 바깥엔 겨울이 있다

　개 키우지 말랬잖아! 나무라는 너와, 배고픈 개를 집에 둔 내가 30년 만이라는 한파와 동행중이다 민박집 수도꼭지는 하마 얼어 터졌다

　엉덩이를 변기에 내려놓다 불에 덴 듯 일어섰다 냉기에 치를 떠는 속살, 송곳바람이 도처에 손잡이 없는 문을 낸다

　늙어 죽기를 바라다가 바라던 대로 늙어 죽거나, 늙어도 죽지 않아 죽어야지 죽어야지 빈말이나 하는, 산목숨이든 죽은 목숨이든 저마다 발이 시린 밤
　겨울 새 몇 쌍이 더 두꺼운 겨울을 찾아 북쪽으로 날아간다

멀리서 온 저녁은 종일 저녁, 길 바쁜 아침은 벌써 아침이다 웅크린 바닥이 일없이 내려다보는 천정을 일없이 쳐다보고 있다

해가 중천이거나 말거나, 개가 얼어터지거나 말거나 식은 너와 며칠 더 캄캄해질 작정인 내가

물맛

백비탕白沸湯이 좋다는 말에 물을 사른다

며칠 자리보전 끝의 물맛은 어느 서리 뒤끝의 초
행길 같다
물에도 뼈가 있어 급히 마시면 체하고 혼절한 물
은 부축해야 목구멍을 넘어간다

한 모금 해골맛으로 돌아섰다는 그분의 물맛은
잘 빚어진 다관茶罐맛이거나 숙우熟盂 맛일 것
물성을 지운 시간의 저의底意를 말짱 자백하는 수
위였겠다

참숯 된불에 손수 덖은 찻잎 띄우고
끽다거喫茶去!

낮잡아 우린 말씀 한 잔에 작년에 떠났던 찻잎들
이 차나무로 돌아온다

벌컥벌컥 찬물을 들이켜고 아! 이제 정신이 좀
드네!
　나는 새를 쳐다보는데

　새로 산 옷의 상표가 뒷덜미를 찌르는, 어쩌나!
내 불편한 다도는 진종일 오줌이나 축낸다

생각만 하고 하지 않은 일

봉천동이나 신림동 어디, 봉천동이나 신림동이
아니어도 괜찮은, 마당가 가죽나무 한 그루, 웃자
란 우듬지가 하늘 귀때기를 살살 간질이다 들창에
들키는, 어느 낯선 골목 낯선 집

누가 벌컥 문을 열고 정갭아! 순갭아! 부를라치
면 작은 등짝 하나 저녁 너머로 냅다 달아나고, 새
끼 밴 고양이가 들여다보며 울다 가는, 늙은 할미
가 정갭이 순갭이를 데리고 살 것 같은 그런 골목,
그런 집, 신문지 몇 장 초배지 삼아 바르다 만, 시
멘트 바람벽, 토벽이라도 무람없는

그런 방 한 칸 얻어 며칠만 더, 며칠만 더 누지르
다 어느새 몇 달, 몇 달이 너무 길면 그저 달포, 달
포라니, 아예 몇 해 꾹꾹 누질러 어미개 젖보따리
처럼 늘어져 뒹굴뒹굴 나를 뒤적여 보는 일

난닝구에 추리닝 바람으로 골목 한 바퀴 돌아보는 참인데, 웬 중늙은이가 자꾸 정갭이 동생 순갭이 아니냐고, 순갭이 맞네, 너 참 오랜만이다*라던, 한 번도 정갭이나 순갭이가 돼 본 적 없는 내게

  또, 서해나 남해 물기슭 어디, 정갭이나 순갭이가 되지 않아도 되는, 후딱 떠내려가는 봄 한 채 같은 폐분교 운동장, 가막사리 쇠비름 망초 개망초, 그것들의 연두를 맨발로 슥! 밟아 보는 일, 돌아온 내게 늦은 저녁 서둘러 해 먹이는 일

* 이장욱, 〈동물입니다 무엇일까요〉, 현대문학, 2018, 中 〈경복궁〉에서 재인용

국물

뼈는 일단 크고 볼 일이지만

뼈 크다고 살점이 넉넉한 것도 아니지만

주방장의 손속 따라 울고 웃는 뼈해장국

저, 풍만한 육보시肉布施 좀 봐라 국물의 경륜 좀
봐라

당겨 앉아 속부터 데우고 보는 뼈해장국인 것이다

뼈 해장국이냐, 육개장이냐, 따로국밥이냐?

매번 선택이 어려운데, 아내는 채선당, 아이는
피자헛

내가 자판기 커피를 뽑을 때 아내는 에스프레소를

아이는 저만치서 아이스크림을 거푸 빤다

쪼개져야 편해질 때가 있다

먹고 싶은 것과 먹기 싫은 것의 격렬한 다툼

모여 사는 악다구니에 우러나는 국물

국물과 국물 아닌 것으로 쪼개지다 보면, 언제나

모자라거나 남아도는 것이 국물인 것이다

이팝꽃

이팝꽃이 흐벅지게 고봉고봉 채울 때면 입을 줄여야 하던 시절이 있었다

발목이 윗목처럼 서늘했다던 열두 살배기, 알요강에 오줌꽃 피우던 어린 계집아이가 내 할머니가 되었다 했다

대궁밥 먹고 언문으로 울었다*는 하마 먼뎃물, 내 할머니는

* 이가림의 「황토에 내리는 비」에서 인용

근황

마시던 커피를 쏟았다 처음부터 빈 컵이었다

안도하는 내 옆에 있지도 않은 얼룩을 보고 놀라는 내가 있다

낮잠을 자고 일어나, 오늘 개밥을 줬던가? 곰곰 생각했다

내가 내 밖으로 나갔다면 일단 개 사료부터 챙길 일, 나가 애인을 만나려고 머리를 빗는 나를 내가 내 뒤에서 훔쳐본다

버스를 놓친 나는 혀를 차며 승강장에 서 있고 제시간에 도착한 나는 좌석에 앉아 무심하게 안전벨트를 맨다

내가 나를 창밖으로 내다본다면 그때 나는 창을 연기하는 풍경이거나 풍경을 연기하는 오후쯤

나는 나를 삭제하는 데 늘 실패한다

덮어쓰기를 하시겠습니까? 오전의 내가 오후의
나를 지나치며 묻는다

어제와 내일, 이쪽과 저쪽의 내가 같은 의자에
앉아 같은 잔으로 커피를 마신다
내 안쪽으로 번지는 저 얼룩은 내가 엎지른 저녁
일까 저녁이 엎지른 나일까

| 해설 |

'이미' 없었던 것들의 탄생 설화

류경무(시인)

> 나는 부재를 조작하려 한다. 시간의 뒤틀림을 왔다 갔다 하는
> 행동으로 변형시키거나, 리듬을 산출하거나, 언어의 장면을
> 열고자 한다(언어는 부재에서 태어난다. 아이는 실패를 가지
> 고 장난한다. 어머니의 외출과 귀가를 흉내 내며 실패를 던졌
> 다 붙잡았다 한다. 하나의 패러다임이 창출된 것이다).
> ─롤랑바르트,『사랑의 단상』,「부재자」중에서

1. '이미'의 공간

'이미라는 공간'이라고 썼다가 '이미의 공간'으
로 바꿔 쓴다. 어떤 게 더 시적인가? 전자는 뭔가
설명하려는 느낌이고 후자는 단호하다. 시는 설명
하지 않는다. 새롭게 발언하고 전복한다. 시집의

해설은 어떤가. 시인의 시세계로 독자를 안내하는 일이 과연 쓰임이 있는 일인가. 그럼에도 불구하고 생면부지의 시 앞에서 내가 지난 몇 주 동안 경험했던 당혹감, 특별한 공감각을 독자와 함께 공유하게 된 것을 무척 다행스럽게 생각한다.

시집에 수록된 시들은 모두 기이(旣已[1])한 공간에서 발생한 듯 보인다. 나는 원고를 읽는 내내 "아무 일도 일어나지 않는데 무슨 일이 자꾸 일어나"는 매우 이상한 시간을 통과하며 세계의 "급소"(「발목」)를 짚어나가는 시의 '일'을 보았다. 지독한 오독이 될지도 모르는 이 주례사(?)의 제목은 「'이미' 없었던 것들의 탄생 설화」이다. 드디어 박윤우 시인의 시를 지칭하기 위한 새로운 문형[2]이 탄생

[1] 한자어 기이(奇異)와 동음의 말이지만 '일정한 시간보다 앞서'라는 의미로 '이미'와 같은 뜻을 가진 한자어이다. 박윤우의 여러 시편에서는 중인환시리(衆人環視裡), 이명씨(耳鳴氏), 독거(獨居), 비게(飛階), 점경(點景) 등과 같이 해당 시 안에서 중층적 이미지로 작용하는 한자어들이 자주 등장한다. '기이의 공간'은 내가 설정한 '이미의 공간'과 같은 뜻이기는 하지만 '공간'의 개념은 이 글이 이어지면서 다르게 변화할 것이다.

[2] 롤랑바르트의 『사랑의 단상』은 대부분 사랑에 대한 '어떤 것'에 대해 말하고 있지만 나는 오랫동안 이 텍스트를 통해 시는 어떻게 출발하고 고양되며 어떤 언어의 장면을 열어야 되는지 고민했다. 바르트에 따르면 사랑의 '담론'은

했다. 하나의 패러다임이 창출된 것이다.

'이미'라는 말은 사전적으로 '일정한 시간보다 앞서'라는 의미로 쓰이거나, 어떠한 일이 '다 끝나거나 지난 일임을 이를 때' 쓰이는 부사다. 나는 부사로서의 '이미'가 아니라, 일정한 시간보다 앞선 혹은 다 끝나거나 지나간, 특정된 공간3)에 존재하거나 존재하지 않는 모든 것들을 가리키는 '이미'가 새롭게 탄생하기를 진심으로 바란다. 그래야만 이 글이 완성될 수 있다. 그렇다면 '이미의 공간'이라니? 말하자면 나는 '어떤 시간에 앞서' 이미 있었지만 발견하지 못했거나, 아예 몰랐거나, 나아가 원래 없었던 수많은 '이미'가 옹기종기 사이좋게 모여 있는 특정된 공간을 '이미의 공간'이

우연하고도 하찮은 기회에 다가오는 '언어의 번득임'이라고 말한다. 나아가 그 언어의 파편을 수사학에서 말하는 'figure'라 정의하는데 '피겨'는 "움직이는 상태에서 포착된 언어" 즉 사랑하는 사람, 작업 중에 있는 연인과 같은 '긴장된 육체'가 고정시키는 '어떤 것'이라고 말한다. 나는 '긴장된 육체'의 대표격인 시인이 발현하는 그것이 바로 '새로운 문형'이자 '시'라고 확신했고 그것은 결핍의 상태에서 출발한다고 믿고 있다. 시인은 그것을 조작하고 변형시켜 한 편의 시를 완성한다. 하나의 패러다임을 창출하는 것이다.

3) 과학 용어일 수도 있으며 추후 이렇게 쓴 이유를 밝히겠다.

라 칭하기로 했다. '원래 없었던 것들'이 모인다는 것은 무슨 말일까. 그것은 물리적으로 가능키나 한 일인가. 그러나 시의 공간에서는 가능한 일이다. 박윤우의 시가 그것을 증명한다. 시인은 자신만의 "독거獨居" 공간에서 지독한 부재를 견디며 "문득을 마중하는 개나리, 문득을 견디는 빨래"(「문득」)와 "안이 밖으로 못 나가게, 밖이 안으로 못 들어오"(「걸이」)는 "걸이"를 발명하고, "멀리서 온 저녁은 종일 저녁, 길 바쁜 아침은 벌써 아침"(「동행」)을 조작해서 전혀 새로운 "문득"과 "안팎"과 '새로운 시간'을 탄생시킨다. 그렇다면 시인의 시는 어떻게 추동趨動4)되고 발현되는가? 박윤우 시의 추동은 '부재'한 '어떤 것'에 대한 집요한 탐구이다. 또한 그것은 몇 가지 '부재를 견디는 방식'으로 그 형식을 구성한다.

---

4) 나는 어떤 의미에서 시의 출발은 추동(趨動)이라고 믿고 있다. 심리학에서 말하는 추동은 욕구가 결핍되었을 때 나타나는 긴장 상태를 말한다. 프로이트에 있어서 추동의 핵심은 '성적 추동'에 국한되는 면이 있지만 그의 말처럼 '인간의 추동은 항상 억압되고 한편으로 억압은 무의식이 생기는 기제'이기도 하다.

들어온 골목이 나가는 골목을 찾느라 두리번거린다

안 닿는 데를 긁으려고 억지로 팔을 꺾으면 거기, 공터를 견디는 공터가 있다

저녁은 공터의 전성기, 새떼들이 공중을 허물어 공터 한켠에 호두나무 새장을 만들고 있다 묵은 우유팩의 묵은 날짜 같은 상한 얼굴들이 꾸역꾸역 저녁을 엎지른다

헐거워진 몸을 네 발에 나눠 신은 개가 느릿느릿 공터를 가로지른다 과연 공터가 공터인 건, 공터가 한 번도 공터 밖으로 나가본 적이 없어서다

공터에 왜 아이들이 없지? 그 많던 돌멩이들이 다 어디로 굴러 간 거야? 아무도 묻지 않는 그곳이라는 저녁, 빨랫줄의 빨래가 마르듯 공터가 마르면서

침묵하는 서랍이다가, 무표정한 유리창이다가, 필사적으로 공터가 되려는 공터가 처음 보는 이의 등처럼 어둑어둑 저문다

　　　　　　　　　　　　　—「공터」 전문

시 "공터"는 시인의 시세계에 진입하기 위한 초입이자 대표적인 상징 공간이다. 시인은 '팔이 가닿지 않는 등'이라는 단정적 진술보다는 "안 닿는 데를 긁으려"하는 적극적 진술을 통해 '부재'한 '어떤 것'에 접근하기 위한 완강한 태도를 보여준다. 공터에는 "호두나무 새장"을 만들어 자신을 포획한 "새 떼"가 있고 "헐거워진 몸을 네 발에 나눠 신은" 개와 같은 "상한 얼굴"들이 있을 뿐이다. "공터"뿐만 아니라 "지하철"(「발목」), "탑골공원"(「풍경B」)등, 시인이 직조하는 생生의 공유지에 존재하는 사물의 모습은 하나같이 춥고 어둡다. 그렇다면 "공터"의 주체5)는 누구일까? 그것은 결국 "공터를 견디는" 시인이며 "공터가 되려"하는 시인인 듯하다. 시인은 "공터"인 자신을 견디며 "필사적으로 공터가 되"어 수많은 '이미' 중의 하나인 "아이들"과 "그 많던 돌멩이"를 공터에 다시 들이고자 한다. 억지로 팔을 꺾는 고통을 감내하면서

---

5) 이 해설의 쓰기 위한 편의상 나는 당장 '공터의 주체'를 언급할 수밖에 없었다. 주체의 개념 또한 앞서 '공간'의 개념처럼 이 해설이 이어지면서 어떤 변화를 맞을 것이라 생각한다.

닿고자 하는 "아무도 묻지 않는 그곳"인 공터가 바로, 박윤우 시의 비밀인 '이미의 공간'이다. 그러나 그 공간을 보기 위해서는 한 가지 전재가 있다. 공터를 보려면 "공터 밖으로 나"가야 한다는 것이다. 자기 자신조차 한 번도 보지 못한 "처음 보는" 공터인 자신의 "등"을 바라본다는 것. 곧 '나 자신으로부터 나가서 나를 보는' 행위이다. 주체의 역전이다. 이 시집의 주체는 언제나 "없는 사람 곁에 없는 사람처럼 앉아"(시인의 말)있을 뿐이다. 나아가 주체가 애매모호하거나 부재한 시들이 수두룩하다. 아니면 "고양이"가 "상자"로, "상자"가 다시 "달"(「종이로 고양이 접기」)로 주체가 중첩되기도 하고 시「두 시에서 세 시 사이」가 보여 주듯 아예 소멸하는 방식을 취하기도 한다. 이것이 바로 박윤우 시의 가장 큰 특징이다. 시인은 이처럼 '부재를 견디는 독특한 방식'을 시의 형식으로 취함으로써 '부재'하는 '어떤 것'에 대한 집요한 탐구를 이어 간다. 자신만의 특별한 놀이6)를 통해 자신을 추궁

---

6) 롤랑바르트는 부재한 어머니를 기다리며 실패를 던졌다 붙잡았다 하'는 놀이에 빠진 아이의 비유를 통해 '부재의 조작'과 '언어의 연출'을 이야기한다. 이런 언어의 연출은 어떤 '사람을 죽음으로부터 멀어지게 하'고 '부재에서

하거나 농담하면서 혼잣말로 부재를 견디며 새로운 공간을 창출하는 것이다. 그때 '이미의 공간'에는 수많은 '이미'들이 탄생한다.

2. 부재를 견디는 방식; 주체의 변이

앞서 나는 "공터"의 주체를 이야기하면서 그것은 결국 "공터가 되려"하는 시인 자신이라고 언급했다. 공터는 "한 번도 공터 밖으로 나가본 적이 없"기 때문에 '공터'라는 진술은 그래서 중요하다. 나의 "등"은 억지로 팔을 꺾으면 만질 수는 있지만 내 눈으로(거울에 비추기 전에는) 결코 볼 수 없는 나의 '공터'이며 내 몸의 '부재' 공간이다. 나 또한

죽음으로 기울어질지도 모르는 순간을 되도록 오래 늦추려' 한다고 말한다.(『사랑의 단상』31p). 나는 박윤우의 시를 읽는 내내 시인이 맞닥뜨린 부재가 무엇이며, 내가 임의로 설정한 '이미의 공간'에 시인이 초대하고자 하는 수많은 '이미'에 대한 생각의 끈을 놓을 수가 없었다. 박윤우의 시를 이해하기 위한 텍스트로 롤랑바르트가 적합한지 의문이지만 나는 박윤우의 시를 읽는 동안 바르트 외에도 그동안 주의 깊게 읽었던 몇 권의 현대 물리학과 관련된 책들을 다시 소환할 수 밖에 없었다. 어쨌든 박윤우는 롤랑바르트가 말했듯 누군가의 부재로 인한 '일종의 감당하기 힘든 현재'의 상태에 있는 듯하다. 그 '누군가'는 시집 2부의 여러 시편에서 언급했듯 당장은(?) "나간 사람 둘에 죽은 사람 하나" 중의 한 사람일 것이라 짐작한다.

한 번도 내 몸의 '공터'를 본적이 없다. 좀 더 확대하자면 시인이라면 누구나 "공터"를 "필사적으로" 견디며 "거기"의 공간을 보고자한다. 그러나 어쩌랴 '이미의 공간'인 나의 '등짝'은 생전에 내 눈으로 볼 수 없는 '불가능의 공간'이다. 그러나 박윤우의 말대로라면 "공터" 밖으로 나가면 "거기"를 볼 수 있다. 시인은 주체의 역전과 중첩, 나아가 주체의 소멸이라는 특별한 방식으로 '거기'를 향해 조심스럽게 나아간다. 그런 의미에서 시「공터」는 박윤우 시의 출발점이자 종점일지도 모른다. "들어온 골목"은 찾았으되, "나가는 골목"을 찾지 못할지언정 등단작「공터」를 가장 먼저 언급할 수밖에 없었던 까닭이다.

　고양이가 상자 속으로 들어가자 고양이가 들어간 상자가 되었다
　고양이가 밖을 내다보면 상자는 고양이가 밖을 내다보는 상자가 될 거다
　…
　발목이 접질린 상자가 자세를 휘인다 고양이 방석이

된 상자,

    …

  고양이가 까무룩 잠이 들자 꼬리 달린 상자가 되었다
상자의 잠 속에 가득 고양이가 고였다

  저 고양이가 고양이를 담은 상자거나 상자를 담은 고
양이라면 상자는 지금 고양이를 내다보고 있는 것, 그러
니까 고양이가 고양이를 열고 고양이 바깥을 내다보고
있는 거다

—「종이로 고양기 접기」 일부

  "고양이"가 "상자"가 되고 "상자"가 다시 "밖을
내다보는 고양이"가 되었다가 결국 고양이가 "고
양이를 담은 상자거나 상자를 담은 고양이"가 되어
"고양이 바깥을 내다보"는 현상을 무어라 설명해
야 할까. 혹자는 섣불리 이러한 진술을 지난한 말
놀이로 폄훼할 수도 있겠다. 그러나 주체의 변이가
일어나는 다른 시편의 완성도와 긴장된 진술, 주체
의 변화무쌍함을 밀고 나가는 내공을 감지한 독자
라면 이러한 태도는 시인이 시 안에서 구사하는 특
별한 양식임을 짐작하고도 남을 것이다. 결론적으

로 시인은 중첩된 주체인 고양이를 통해 고양이의 "바깥"을 보고자 한다. 마지막 연은 매우 논리적인 진술이기도 한데 시를 읽는 어느 순간 고양이가 사라지는(혹은 '고양이'라는 문자가 사라지는)7) 느낌은 나만의 느낌일까? 「종이로 고양이 접기」라는 제목이 암시하듯 이러한 방식을 통해 시인은 애초에 없었던 '이미'인 고양이를 새롭게 탄생시키기도 한다.

주체의 역전 혹은 중첩과 소멸은 시의 곳곳에서 발견되고 전략적으로 쓰인다. "샛노란 개나리가 샛노란 개나리를 못 본 척"(「문득」) 하거나 "미루고 있지만 결국은 죽을 사람"과 "이미 죽어 더는 죽을 수 없는 사람"(「아주 멀고 긴 잠깐」)이 '소멸'하는 이미지로 등장하기도 하고 타인이 "나를 벌컥 열어젖"히고 "내가 너를 들면 네가 나를 나"(「걸이」) 오기도 한다. 나아가 "오늘따라 내가 흔하다"(「전화번호를 지우다가」)라는 진술을 통해 나는 "계단참"이었다가 "우산"이었다가 "인중 긴 꽃"으로 치환되

---

7) "고양이는 우주의 기본 요소에 포함되지 않는다. 지구 곳곳에서 불쑥 '등장'하기를 반복하는 복잡한 것이다" (카를로 로벨리, 『시간은 흐르지 않는다』, 쌤앤파커스, 140p)

는 식으로 주체가 복합적으로 '분산'되기도 한다. 「빨대생각」,「발이 시린 날」,「잠」등 인용한 시 외에도 여러 시들이 주체의 변이를 보여주는 형식을 일관되게 보여준다. 나아가 "박윤우"를 "바규누" "유누"(「이름」「도루묵, 혹은 윤묵이」「민달팽이」)로 기명하는 식으로 자신을 시 속에 적극 개입시키기도 한다. 조금 옆길로 새자면 나는 지금껏, 시 안에서 동사를 이렇듯 아무렇지도 않게 적절히 구사하는 시인을 본 적이 없다. 특히 조사 사용의 엄밀함과 가마니를 짜듯 행간을 엮어가는 치밀함, 호흡과 긴장을 놓치지 않는 몇 편의 산문시를 보면서 오랜 시간 홀로 시에 집중해온 시인의 공력을 짐작하고 남음이 있다. 서투른 시인이라면 이처럼 과감하고 역동적인 주체의 변이를 다루기엔 힘에 부칠 것. 자칫 잘못하면 격이 떨어지거나 키치의 함정에 빠지는 위험을 감수해야 하기 때문이다. 그러나 시인은 매번 특유의 노련함과 유연함으로 예의 함정에서 빠져나온다. 마치 "복족강 병안목8)"인 "는적는

8) 연체동물의 한 강. 소라, 전복, 논우렁 따위의 수산(水産) 고둥을 포함하는 전새류(前鰓類), 갯민숭달팽이 등을 포함하는 후새류(後鰓類), 달팽이, 민달팽이 등의 육산(陸産) 조개류를 포함하는 유폐류(有肺類)의 세 아강(亞綱)으로 나뉜다. 병안목은 그 중의 한 목으로 달팽잇과, 대고둥과 등이 이에

적 배밀이 하는 유누"(「민달팽이」)가 껍데기를 벗
고 알몸으로 자신의 바깥으로 기어 나오듯. 시인은
이처럼 구체적으로 자신의 시에서조차 스스로가
빠져나오길 열망한다. 문제는 역시 "바깥"이다. 앞
서 시 「공터」에서 언급했듯 거의 모든 시에서, 시
의 주체는 서로 몸 바꾸고 중첩되며 소멸하면서 주
체의 바깥으로 나가고자 한다. 그래야만 시인이 상
정한 '불가능의 공간'을 볼 수 있기 때문이다. 그
것은 우리가 '실재'한다고 믿는 모든 존재로부터,
과거-현재-미래로 이어진다고 인지하는 '시간'으
로부터, 우리의 한정된 경험으로 만들어진 우리의
'문법'으로부터 해방된다는 뜻9)이기도 하다. 이
쯤에서 나는 좀 더 나아가기로 한다. 박윤우의 시
를 나의 방식으로 해석하려면 현대물리학의 중요
한 관점들을 언급하지 않으면 안 된다. 실제로 시
인의 많은 시는 본인이 의도했든 의도하지 않았든

속한다. 달팽이는 껍질을 지니고 있지만 민달팽이는 그렇지
않다. 이는 끊임없이 주체의 '바깥'으로 나아가고자 하는
시인의 열망으로 읽힌다.

9) 카를로 로벨리, 『시간은 흐르지 않는다』, 샘엔파커스, 2019.
일부 인용.

간에 양자역학과 중력이론이 뒷받침하고 있는 우주의 시공간과 맞닿아 있다.

3. 부재를 견디는 방식; 사선斜線의 시공간과 점층 반복

주체의 변이를 통한 부재를 견디는 방식은 다른 한 편으로 박윤우 시인의 특별한 '시간' 개념과 긴밀하게 연결되어 있다. 이탈리아 태생의 세계적 이론 물리학자인 카를로 로벨리10)는 자신의 책 『시간은 흐르지 않는다』에서 "온 우주에 공통의 현

---

10) 『보이는 세상은 실제가 아니다』, 『시간은 흐르지 않는다』 저자. 이탈리아 태생의 세계적 이론 물리학자이다. 양자이론과 중력이론을 결합한 '루프양자중력'이라는 개념으로 블랙홀을 새롭게 규정한 우주론의 대가이다. 그는 자신의 루프양자이론에서 아인슈타인이 밝힌 *양자중첩과 같이 블랙홀 내부와 바로 가까이에는 단일하고 확정적인 시간이 더 이상 존재하지 않는다고 말한다. 루프이론은 이러한 양자중첩이 일어나는 단계를 '시간이 없는 방정식'으로 설명하기도 한다. 카를르 로벨리는 "기초물리학의 '시간'은 세상에 없으며 오직 사건들과 관계들만이 존재한다"고 말한다. *양자중첩:시간들이 비확정적이고 확률적으로 존재하는 형태. 양자중첩 상태에서는 철학자들이 말하는 과거와 현재, 미래가 명확히 구분된 상태가 아니라 과거와 미래가 동시에 겹쳐져서 나타나기도 한다. 영화 '인터스텔라'에서 주인공이 블랙홀을 통과해 자신의 어린 딸을 만나는 장면은 여기서 착안된 듯 보인다.

재는 존재하지 않는다"고 말한다. 우리가 잘 알다시피 인류는 지난 세기 아인슈타인의 상대성이론과 양자역학에 기초한 중력이론에 따라 시간에 대한 그동안의 '의심'을 풀어가고 있는 중이다. 아인슈타인이 그의 중요한 방정식을 통해 관찰자의 위치에 따라 '시간'이 다르게 흐른다는 것을 증명해 냈다면 그의 이론을 바탕으로 스티븐 호킹과 카를로 로벨리와 같은 후대의 물리학자들은 질량이 무한대인 블랙홀의 중심에는 시간이 존재하지 않음을 밝혀내기에 이르렀다. 이제 좀 더 나아가 시인의 말법에 담긴 특별한 시적 언술을 살펴보고 현대물리학과 긴밀히 맞닿아 있는 시인의 '시간'을 면밀히 들여다보아야 한다. 시인의 '주체'와 시인의 '시간'은 암수한몸의 양성구유11)이기 때문이다.

인부들이 모두 돌아가고

철제 비계飛階가 철제 비계飛階끼리

남아 은인자중

---

11) 남자와 여자의 생식기를 둘 다 가지고 있는 사람. 나는 시와 과학이 늘 그럴 것이라 생각했다.

사선斜線을 실천하는 공사판

잔뜩 인대가 늘어난 하늘이
기어코 비를 뿌리는데
어디서 누군가의
오금이 비보다 먼저 젖는데

저기 비둘기 날아간 자리가
비둘기인 척
비둘기를 연기하며
오는 비를 다 맞아쌓고 있다

—「점경點景」 전문

   인용된 시 「점경」은 시인의 '시간'에 접근하기
위한 첫 발자국 같은 시이다. "비둘기인 척 비둘기
를 연기 하"는 "비둘기 날아간 자리"의 비유는 몇
편의 시에서 중첩되어 나타난다. 나는 이것을 박
윤우 시인의 시공간에 대한 기본적인 인식이라고
생각한다. 시인이 바라보는 점경點景의 시간은 '지
금 여기'의 시간이 아니다. 화가 쇠라12)의 캔버스

---

12) 카를로 로벨리는 자신의 연구분야인 '양자중력'을 통한

위 작은 점들처럼 「점경」의 시간은 분할되고 쪼개
진다(마침 시인은 그림 선생이다). "철제 비계飛階"
는 마치 휘어지는 빛[13]처럼 "사선斜線"으로 이어지
고 누군가의 "오금은 비보다 먼저 젖는"다. "비둘
기가 날아간 자리"가 비둘기인 척 "비를 다 맞아쌓
고 있"는 '현재'는 과연 어떤 시간인가? 시 「점경」
의 시간은 우리가 익히 알고 있는 '현재'의 시간과
는 다른 시간이다. 여러 편의 시에 나타나듯 시인
의 '시간'에 있어 '지금 여기'는 아무런 의미가 없
다. 카를로 로벨리는 "우주 곳곳에 잘 정의된 '지
금'이 존재한다는 생각은 환상이자 우리 경험의 부

시간의 특성을 살펴보고 양자역학을 바탕으로 한 시간의
입자성에 대해 설명하는데 시간은 '연속적인 것이 아니라 여러
알갱이로 나뉜 것'이라 규정한다. 중력장에서 말하는 시간의
최소 규모인 '플랑크 시간'의 시간 값을 10^{-44} 즉, '10억분의
10억분의 10억분의 10억분의 1억분의 1초'라고 계산하면서
시간의 양자효과를 설명하는데 이 시간의 최소 간격 이하로
내려가면 가장 기본적인 의미에서 보더라도 시간의 개념은
존재하지 않는다고 말한다. 로벨리는 이 책에서 자신의
논거를 설명하기 위해 마티스, 릴케, 프루스트를 위시한 여러
예술가들의 예술적 상상력을 적절히 인용하고 있다.

13) 로벨리는 우주의 시간 구조를 과거-현재-미래를 구분하는
보편적 기준으로 보지 않고 '광원뿔'이라 부르는 원뿔 형태의
시간구조로 접근한다. 빛은 이 광원뿔의 집합들이 정하는
경계를 따라 사선(斜線)으로 이동하는데 이것은 아인슈타인의
특수상대성이론의 핵심이기도 하다.

적절한 외삽外揷 14)"이라고 말한다. 로벨리에 따르면 우리의 '현재'는 우주 전체에 공통적으로 적용되지 않는다. 이러한 시간 개념은 아인슈타인의 중력장 이론과 곧바로 연결되어 있다. 그는 시간을 규정하기 위해 아리스토텔레스와 뉴턴의 시간 개념을 비교한다. 아리스토텔레스는 '고요 15) 속에서 아무런 신체적 경험이 없지만, 우리 마음속에 어떤 변화가 생긴다면, 우리는 즉시 어떤 시간이 흘렀다고 가정한다' 라고 말했다. 즉, 시간은 우리 내면의 움직임이며 시간은 움직임의 흔적이라는 것이다. 뉴턴은 반대로 아리스토텔레스의 시간(상대적이고 명백하며 통속적인)과는 달리 시간 16)은 사물의 변화와 상관없이 균일하게 흐르고 우주에는 절대적

14) 이를 통해 로벨리는 우리에게 익숙한 규모의 시간 단위에서는, 과거를 미래와 구분하는 확장된 '현재'가 매우 짧아(나노세컨드 단위) 거의 인식할 수 없다고 주장한다. 결국 잘 정의된 '지금'이 존재한다는 생각은 환상이며 그것은 '관찰할 수 없는 대상을 관찰할 수 있는 범위'를 이용하여 추정하는 일(외삽)이라고 말한다.

15) 아리스토텔리스,『자연학』,(카를로 로벨리 인용, 같은책 73p)

16) 조현일,『서로-끌림, 중력의 불가사이와 블랙홀 그리고 통일이론』,접힘펼침, 2013, 85p.

으로 참인 단 하나의 시간만 존재한다고 생각했다. 뉴턴의 시대가 오기까지, 인류에게 시간은 '사물이 어떻게 변하는지 헤아리는 방식'에 불과했다는 로벨리의 인식은 적확할지도 모른다. 그렇다면 박윤우 시의 시공간은 어떤가? 박윤우의 시세계를 자세히 들여다보기 위해서라도 우리는 "처음 보는" 공터인 "등"(「공터」)과 같은 시인의 특정된 공간 17)에 들어설 준비를 해야 한다. 아마도 시인의 그것은 뉴턴보다는 아리스토텔레스의 시간에 가까운 듯하다. 나는 물론 시인 공동체의 종교이자 절대 우주인 '시'의 근거가 한낱 과학적 논증에 좌우되는 것을 바라지 않는다. 그러나 어떤 과학자들은 시인보다 더 시인처럼 살다가 갔으며 시인처럼 사고했다. 아인슈타인의 생애가 그랬고 루트비히 볼츠만 18)

17) 나는 이 글의 초입에서, 존재하거나 존재하지 않는 모든 것들을 가리키는 '이미'가 새롭게 탄생되기를 바란다고 썼다. 이쯤에서 나는 그 '특정된 공간'이란 불가능성을 지닌 모든 곳 즉, 내가 설정한 '이미의 공간'일 것이라는 정도에서 우선 멈추기로 한다. 내 눈으로 생전에 볼 수 없는 "등"의 비유와도 같이 나는 나에게 등이 있다는 사실을 직접 보지 않는 한 믿지 않기로 했다. 그러나 과학은 우리가 불가능의 공간이라 믿고 있는 '특정성'에 대해서 끊임없이 질문한다. 중국시간으로 2020년 1월 3일 오전 10시 26분, 우주선 창어 4호는 인류가 궁금해했던 달의 뒷편인 '에이트겐' 분지에 착륙했다.

18) '열이 역행 없이 한 방향으로만 이동하는 양'을 측정한

이 그랬다. 카를로 로벨리 역시 "어쩌면 과학은 눈에 보이는 것 이상을 볼 줄 아는 시에 그 뿌리를 두고 있을 수도 있다"라고 말한다.

다시 시로 돌아오자. 지금까지 우리가 확인했듯 박윤우의 시가 들여오는 '공간'은 다차원의 공간이며 '시간'은 절대적이지 않다. 루트비히 볼츠만의 결론[19]처럼 박윤우 시의 문형에서는 '과거와 미래'의 차이가 사라진다. 시간에 대한 시인의 집요함은 거의 모든 시에서 드러나는데 그것은 사물

값을 '엔트로피'라 한다. 열역학 제2법칙은 이를 물체의 양 'S'로 표시하고 엔트로피 측정한다($\triangle S \geq 0$). 어느 시계 제작자의 손자이기도 한 오스트리아인 '루트비히 볼츠만'은 이 공식을 이용해 '분자와 원자'의 실체를 확신하고 멈춰있던 차가운 분자가 요동치는 뜨거운 분자와 부딪혀 열을 내는 '물이 끓는 원리'를 최초로 증명했다. 볼츠만의 결론에 따르면 과거와 미래 그리고 그 사이의 현재라는 개념은 사라진다. 그는 19세기 말의 코페르니쿠스였다. 학계 대부분이 그의 아이디어를 이해하지 못했고 조울증이 심각했던 볼츠만은 스스로 목을 매달아 생을 마감했다. 릴케의 '두이노의 비가'는 그를 기리는 시이다.(로벨리의 책 참고).

19) 루트비히 볼츠만은 '엔트로피가 존재하는 이유는 우리가 세상을 희미하게 설명하기 때문'이라고 주장했다. 과거와 미래의 차이는 이 '희미함'과 깊이 연결되어 있는데 원자와 분자로 대표되는 사물의 미시적인 상태를 관찰하면 과거와 미래의 차이가 사라진다는 것이 볼츠만의 연구에 대한 카를로 로벨리의 인식이다. 로벨리는 나아가 엔트로피의 미시적 관찰을 통해, 시간의 흐름을 특정 짓는 모든 현상은 이 세상의 과거에서 '특정한' 상태로 환원되며, 그 '특정성'은 우리의 희미한 시각에서 기인한다고 말한다.

에 대한 미시적인 관찰로부터 비롯된다.

개들이 대낮을 잡아당기는 방죽 길, 와이셔츠 한 장
이 손바닥을 마주치며 지나간다

유모차가 꽃무늬 블라우스를 끌며 지나가고 앞산이
낮달의 초록 어깨를 짚으며 개울물에 떠 지나간다

오월을 재운 바람 한 자락이 유월의 옷깃을 골똘히
헤치다가 길 바깥으로 비켜선다

분명하지 않은 그 요일曜日의 알리바이도 후드티를
입고 지나간다

지나간 것은 지나가고 지나가지 않은 것은 항상 지나
가지 않는다

두 시가 세 시를 훔쳐보고, 세 시가 두 시를 곁눈질하
는 두 시와 세 시, 세 시와 두 시 사이

경기도 용인 양지천, 시멘트 방죽길이 잘 생각나지
않는 누군가의 기일忌日처럼 지나가고 있다
　　　　　　　—「두 시에서 세 시 사이」 전문

　시인은 실제 시 안에서 시간을 끊임없이 의심한
다. "개들이 잡아당기는 대낮"은 도대체 어떤 시간
에 속할까. "낮달의 초록 어깨를 짚으며 개울물을
떠가는 앞산"의 시간은, "오월"과 "유월"이 공존하
는 동시의 시간은 어떻고 "분명하지 않은 요일"과
"기일忌日"은 또 어떤 시간인가. 이렇듯 시인의 시
간은 일정하게 흘러가는 것이 아니라 서로를 간섭
하며 동시에 존재한다. 다른 시 「방이 되는 법」에
서는 '새벽 두 시가 새벽 세 시를 추월'하기도 하
고 시 「두물머리」에서는 '오후 네 시'가 통째로 사
라지기도 한다. 시간을 사라지게 했다가 길게 늘여
놓기도 하고 압축시키기도 하면서 시인은 시편 곳
곳에 시간을 재배열하며 시간을 휘게 만든다. 마치
아인슈타인의 '사고실험'처럼 시인은 자신의 시
속에서 끊임없는 '시간'의 사고실험을 감행한다.
그럼에도 불구하고 소통 불가의 자기 세계를 혜

매다 자칫, 들어온 길과 나온 길을 잃어버리는 시는 단 한 편도 없다. 이처럼 시인의 '고유한 시간'과 '주체의 바깥'에 대한 집요한 탐구는 읽는 이의 '공감각'을 자극하며 시집 속의 시들을 단숨에 밀고 가는 힘을 축적한다. 특히 시인의 문법 중 눈에 띄는 특이한 말법이 있는데 바로 '점층 반복'이다. "하늘색 동고비와 동고비색 하늘"(「동고비」), "똥이 똥을 마구 실천하는 중"(「똥」), "누워서하는 생각은 생각도 납작"(「방이 되는 법」), "아버지가 엄마를 벗었을 때 엄마는 여자를 벗었다."(「벗다2」) 등의 점층 반복은 거의 모든 시에 등장한다. 점층 반복은 전통의 우리시에서도 자주 등장하고 이미지를 더 확대하거나 시적 긴장의 완급(호흡)과 리듬을 태우기에 효과적인 방법이기는 하다. 하지만 마구 쓰인 부적절한 점층 반복은 시를 나락으로 떨어뜨리는 역효과를 가져오기도 한다. 우리는 김수영20)과 소월과 백석의 시를 통해 잘 쓰인 '점층반

---

20) 김수영의 「눈」은 점층반복이 시의 긴장을 어떻게 유지하는가에 대한 좋은 예다. 그것은 백석의 여러 시편에서도 나타나고 특히 소월의 점층반복은 소월시를 구성하는 하나의 핵심이기도 하다.

복' 이 시 안에서 어떻게 작용하는지 잘 알고 있다. 박윤우의 그것은 어떤 작용을 할까? 조금 과장하자면 이러한 점층 반복의 형태는 시집 속 거의 모든 시에서 나타난다. 어쩌면 그것은 평소 시인이 갖추고 있는 몸(말)의 형식일 것이라는 생각까지 미칠 정도다. 무엇보다 이러한 말법은 지금껏 언급했던 '주체의 변이'와 시인의 '고유한 시간'에 다가서기 위한 매우 중요한 형식으로 전면에 나선다. 이 짧은 글을 통해 이러한 효과가 고스란히 묻어나는 작품을 모두 인용해서 분석하지 못하는 점이 안타깝다. 「가시엉겅퀴」와 「무싯날」이 그러하고 「빨대생각」, 「두물머리」, 「똥」, 「아!」, 「근황」이 특히 그러하다.

4. 수많은 '이미'의 탄생

마시던 커피를 쏟았다 처음부터 빈컵이었다

안도하는 내 옆에 있지도 않은 얼룩을 보고 놀라는 내가 있다

낮잠을 자고 일어나, 오늘 개밥을 줬던가? 곰곰 생각
했다

내가 내 밖으로 나갔다면 일단 개사료부터 챙길 일,
나가 애인을 만나려고 머리를 빗는 나를 내가 내 뒤에서
훔쳐본다

버스를 놓친 나는 혀를 차며 승강장에 서 있고 제시간
에 도착한 나는 좌석에 앉아 무심하게 안전벨트를 맨다

내가 나를 창밖으로 내다본다면 그때 나는 창을 연기
하는 풍경이거나 풍경을 연기하는 오후쯤

나는 나를 삭제하는 데 늘 실패한다

덮어쓰기를 하시겠습니까? 오전의 내가 오후의 나를
지나치며 묻는다

어제와 내일, 이쪽과 저쪽의 내가 같은 의자에 앉아
같은 잔으로 커피를 마신다

내 안쪽으로 번지는 저 얼룩은 내가 엎지른 저녁일까
저녁이 엎지른 나일까

　　　　—「근황」 전문

시 「근황」은 시인의 시집에서 차지하는 비중이 매우 큰 시이다. 이 시는 앞에서 언급한 '주체의 변이'와 '사선斜線의 시공간과 점층 반복'의 예를 모두 보여준다. 또한, 희미하게나마 시인의 시세계에 대한 해답을 엿볼 수 있는 시이기도 하다. 커피가 쏟아지는 '찰나'의 공간에서 "안도하는" '나'와 "놀라는" '나'가 동시에 출현한다. "머리를 빗는" "나"를 "내가" "내 뒤에서" 훔쳐보는 다층의 일인칭 화자는 버스를 놓친 "나"인가 "버스를 탄 나"인가. 여기서 더욱 미세한 시간의 쪼개짐이 일어난다. 곧이어 '물성'으로 옮겨간 주체인 나는 이제 3차원의 "풍경"이거나 "창"이 된다. 시는 여기서 멈추지 않는다. 다시 분리된 주체는 "풍경"을 "연기"하는 하나의 '관점'으로 환원된다. 박윤우의 형식은 늘 이런 식이다. 시 속에 펼쳐지는 풍경이 희미해진다. 기존의 질서가 뒤죽박죽 뒤섞인다. 무질서21)가 증가한다는 것은 '엔트로피'가 증가한다는 뜻이다. 시를 읽는 독자들은 '엔트로피'가 높은 시의 세계로 빠져든다. 낮은 엔트로피가 높은 엔

---

21) 로벨리의 책 39P 및 각주 17, 18 참고.

트로피로 옮겨가는 것이 물질의 특성이기 때문이다. 여기서 로벨리가 언급한 '특수성'의 공간이 발생한다. 그러나 과학자들이 발견한 '특수성'의 공간은 물리학의 공식으로 증명($\triangle S \geq 0$)되고 예측될 뿐이다. 그러나 우리의 '시'는 어떤가? 시인은 '직관'과 '영감'으로 그것을 본다. 과학자들은 새로운 것을 증명하고 또 증명하지만 시인은 그 '특정된' 공간을 시 속에서 보여주는 데 그치지 않는다. 나아가 '바깥'으로 내보낸 주체를 '불가능의 공간'으로 옮겨 "심으려"하거나 스스로 바깥의 주체가 되려 한다. 이것이 과학과 시의 차이이며 인간계와 신계의 차이다. 그러나 안타깝게도 시인은 희미하게 다가오는 '불가능의 공간'을 매 순간 '고통스럽게 확인하는 존재'일 수밖에 없음을 고백한다. "나를 삭제하는 데 늘 실패"하는 시인은 나를 '바깥으로 내보내는 일'마저도 늘 실패하는 존재이기 때문이다. 그러나 과학이 시가 아니 듯, '증명'에 그치는 시는 시가 아닌 것. 박윤우의 시는 이를 넘어 "몸으로 몸의 속도를 넘는", "누가 공중에 떠 있"(「아주 멀고 긴 잠깐」)는 "아주 멀고 긴 잠깐"의

'특정된' 공간과 같이 다수의 '이미의 공간'을 창출한다. 그리고 거기에 수많은 '이미'들을 초대한다. 그곳은 "빨대가 아닌 것들이 모인 곳"이다. 시인은 "콜라도 다녀가고 주스도 잠시 머물다 떠난 빨대"(「빨대 생각」)의 "거소"를 "변경"시켜 '이미의 공간'에 들인다. 시인은 "당근주스를 견"딘 "당근주스"(「어느 날」)를 초대하기도 하고 "신발" 대신 벗은 "발"(「벗다1」)을 초대하고 "날개를 벗"은 "비둘기"(벗다2)를 초대한다. 이처럼 '이미의 공간' 곳곳에서 수많은 '이미'들이 팝콘이 터지듯 탄생하고 있다. "지나간 것은 지나가고 지나가지 않은 것은 항상 지나가지 않는"(「두 시에서 세 시 사이」) 시공간을 넘어 잠이 없는 누군가 "부삽으로 개나리 한 다발을 삽목"(「어느 날」)하듯 시인은 수많은 '이미'의 탄생에 대한 '설화22'를 써 내려

---

22) 교과서적인 설화의 범주는 무의미하다. 프로이트나 융은 설화가 인간의 무의식에서 나온다는 견해를 밝히기도 했으며 레비스트로스나 그레마스는 인간의 생활과 문화에 대한 구조분석을 통해 설화의 심층의식을 찾아내려했다. 나는 가끔 신라의 '지귀설화'를 상상하면서 인간의 사랑, 욕망과 결핍 그리고 에로티시즘을 동시에 느낀다. 시에 있어 이를 잘 활용한 이는 미당이다. 미당은 지귀설화와 관련한 몇 편의 시를 썼다. 박윤우의 「가시엉겅퀴」나 「무싯날」과 같은 아름다운 시는 지극히 개인적 서사에서 출발했지만 미당의 그것처럼 읽는 이들의 공감각을 자극하기에 충분하다.

가고 있는 것이다. 새로운 문형이 창출되고 있다는 뜻이다. 그리고 특별한 그의 문형(놀이)은 아래의 예문과 겹쳐지기도 한다.

아래에 있는 사람들에게는 위에 있는 사물이 아래에 있고, 아래에 있는 사물은 위에 있고……지구 전체 주위 가 다 그러하다. 23)

다시 잠깐 카를로 로벨리로 돌아가 보자. '우리 의 문법은 우리의 한정된 경험에 의해 만들어졌다. 우리가 세상과 우주의 풍부한 구조를 포착하면서 이러한 문법은 정확하지 않은 것으로 드러난다' 는 로벨리의 관점에 나는 동의한다. 위의 인용문은 지 구의 구형에 대해 2천 년 전에 쓰인 고대의 문장이 라고 한다. '지구는 둥글다' 는 것을 알고 있는 우 리로서는 조금만 집중하면 인용문의 의미를 알 수 있다. 예를 들자면 '대한민국' 에 서 있는 사람의

---

23) 로벨리의 인용구이다. 〈아낙시만드로스와 그리스 우주론의 기원, C.H. Kahn,1960, pp84~85〉에서 인용한 말을 재인용.

위에 있는 사물이 '칠레'에 서 있는 사람의 아래에 있다는 뜻이다. 이처럼 우주와 자연은 아무렇지도 않게 존재하지만, 우리의 문법은 변화한다. 2천년 전 사람들의 '직관'이 지금 우리에게는 새로운 '문법'이 되기도 한다. 박윤우 시인의 "지나간 것은 지나가고 지나가지 않은 것은 항상 지나가지 않는다"(「두 시에서 세 시 사이」)라는 문형이 혼란스러운가? 앞서 언급했듯 나는 이 시에서 시간의 '중첩'을 직관하고 시인의 문형을 있는 그대로 받아들였다. 이러한 문형은 시집 곳곳에서 발생하고, 나는 새로운 '경험'에 따라 시인이 창출하는 '이미의 공간'을 본다.

지금까지 박윤우의 시를 집중해서 살펴본바, 우리가 '실재'한다고 믿는 모든 존재로부터(주체의 변이), 과거–현재–미래로 이어진다고 인지하는 '시간'으로부터(시간의 중첩), 우리의 한정된 경험으로 만들어진 우리의 '문법'으로부터(부적절한 문법) 조금은 자유로워졌다는데 동의하지 않는가? 그러나 나는 개의치 않는다. 나는 시인의 시를 계속 읽어가는 중이다. 마치 지는 해를 보다가 지구가 도는 모습을 본 '언덕 위의 바보24)'처럼 나는 나의 눈을 통해 시간이 사라진 "손등에 찰랑거리는" 이미의 공간을 보고 있다. 사라진 주체를 대신해 그 공간에 들어차는 "밥물"(「민달팽이」)을 보고 있다. 나는 "몸으로 몸의 속도를 넘는"(「아주 멀고 긴 잠깐」) 온 몸으로 그걸 느낀다.

5. 결합의 놀이; 이미 없었던 것들의 탄생설화

그러나 어쩌겠는가? 신천옹이 공중에 살고 향유고래가 물속에 사는 것처럼 우리는 어쩔 수 없는 '시간' 속에서 산다. 시인의 시가 초대한 수많은 '이미'가 그 속에서 몸을 바꾸며 '이미의 공간'에 모여 새로운 관계 속에 살고 있다 할지라도, "죽은 이녁"(「무싯날」)은 지금 여기에 없는 사람이다. 마흔다섯 해 전 "신행길"에 입었던 "옥색 두루마기 물겹치마 물결저고리"를 함께 입고 아이의 소풍을 따라나섰던 '이녁'은 내 손길로 만질 수 없다. '시간'이 존재하지 않고 내가 '현존'하지 않는다는 것을 시로써 증명할지라도 죽은 '이녁'은 만날 수 없

24) 카를로 로벨리의 책 208P.

다. 이것이 바로 우리의 '시간'이다. '시간'은 "속 창시까지 핥으며 타오르는"(「무싯날」) 고통의 원천일 뿐이다.

시인은 시간이 없는 세상에 살고 있다. 시간을 버리고 주체의 "바깥"을 향해 "필사적으로" 나아가려했던 시인은 끝없는 '결합의 놀이25)'에 집중해왔다. 그리고 아주 가끔이지만 그의 눈앞에는 한 번도 보지 못한 자신의 "등"과 같은 불가능의 공간이 펼쳐지기도 한다. 그것은 "물성을 지운 시간의 저의底意"(「물맛」)를 알아차리는 순간이다. "작년에 떠났던 찻잎들이" 다시 "차나무 돌아오"는 '재탄생'의 순간, 시인이 그토록 가 닿고자 했던 '바깥'의 입구가 비로소 열리기도 한다. 결국 시인이 그

---

25) 카를로 로벨리의 결론. 같은 책 208p. 프로이트는 '욕망의 완전한 충족은 죽음이다'라고 말했다. 박윤우의 시에서 자주 등장하는 '죽음'의 이미지는 보통의 죽음과는 달리 세속적이지 않다. 가끔 그것은 매우 가볍게 다가오기도 한다. 그의 시들은 '부재를 견디는 몇 가지 방식'을 방편으로 '부재를 잘 견디어' 내는 특별한 '놀이'에 집중한다. 그리고 시인은 롤랑바르트가 말했듯 '정상적인' 사람 즉, '소중한 이'의 떠남을 감수하는 '모든 사람'의 대열에 끼려하지는 않는다. 그것은 곧 '망각'이기 때문이다. 바르트의 말처럼 그 사람의 부재는 시인의 '머리를 물속'에 붙들고 있다. 점차 그는 숨이 막혀가고 공기는 희박해진다. 이 숨막힘에 의해 시인은, 독특한 자신만의 시 쓰기를 통해 자신의 '진실'을 재구성하고, '사랑의 다루기 힘든 것'을 준비한다.

동안 초대해마지 않았던 '이미'들은 곧 시간의 다른 이름이었다. 수많은 '이미'의 네트워크이자 시인이 창출한 새로운 세상. 그것은 박윤우 시인만의 세상일 것이다. 그러므로 시인의 시간 속에 있는 '이미'들만이 '이미의 공간'에서 존재할 수 있다. 그리고 그 수많은 '이미'들은 시인에게 있어 영원 불멸의 존재이기도 하다. 시집을 통틀어 가장 아름다운 시 「가시엉겅퀴」는 그렇게 탄생한다. 문장이 가진 의미 구조를 넘어서 이미지만으로 개인적 서사 공간을 확장시키며 읽는 이의 오래된 기억을 소환하는 시. 아름다운 노래와도 같이 읽는 이들의 공감각을 최고조로 끌어올리는 시. "뻠 가웃 저녁 볕뉘"(「가시엉겅퀴」)가 시인의 독거 공간에 조용히 들어차는 시간, 시인은 '이미 없었던 것들의 탄생 설화'를 낱낱이 기록하며 자신의 "바깥"을 향해 끊임없이 나아가고 있다.

지금까지 나는 박윤우라는 텍스트를 통과해왔다. 그에게서 출발해 바르트를 지나서 아인슈타인과 카를로 로벨리를 통과해 소월과 백석을 지나 다시 박윤우에 이르렀다. 나는 그의 기억 속으로 초대되었고 현재와 미래의 그를 통과해 과거의 그를 만났다. 그는 중첩된 시간의 '지금 여기'인 「계단 깊은 집」에서 아내와 함께 지극한 사랑으로 잘 살고 있다. 시간은 다시 새로워졌고 나는 복수의 '이미'들을 만났다. 이 아름답고 눈물나는 '이미'들은 나를 이끌었고 그는 하나의 패러다임을 창출했다. 그것은 다름 아닌 수많은 '이미'의 네트워크였으며 하나의 덩어리이자 설화인 '시'였다. 누군가 나를 '시인'이라고 부르면 온 몸에 소름이 돋는다. 나는 '시인'으로부터 늘 도망치고 싶었다. 그러나 박윤우를 통과해 오면서 나 또한 동업자로서 '시인'이었음을 무척 다행스럽게 생각한다. 시인은 세상의 수많은 '이미'들과 함께 '이미의 공간'에 들어설 수 있는 유일한 존재이다. 그런 관점에서 박윤우의 시는 최근에 내가 본 그 어떤 시보다 멀리 나아가 있다. 우리의 눈이 볼 수 있는 미시적 세계는 한계가 있을 수밖에 없다. 차원을 넘어서고 시간을 잘게 쪼갤 수만 있다면 우리는 정지된 시간 속에서 살 수 있으며 과거에 가닿을 수도 있으며 미래를 당겨올 수도 있다. 거기에는 죽은 이녁도 있으며 이름을 잃은 그리운 옛 친구들도 있다. 과학이 우리로 하여금 불가능의 층들을 관통하도록 도와준다면 시는 문자언어로 불가능의 공간을 뚫고 나가게 한다. 시인은 세계를 바라보는 하나의 거대한 '관점'이다. 좋은 시인은 자신의 생을 바쳐 그것을 밀고 나간다.

나는 박윤우 시인의 끝없는 '결합의 놀이'가 우리에게 기적을 열어주기를 열망한다. 그것은 마치 파도와도 같이 우리에게 올 것이다. 미세하게 쪼개진 시간의 점들이 뭉쳐진 알갱이로 밀려와서 혼란스럽고 무질서한 우리들 생의 짧은 순간처럼 수억의 물방울로 흩어질 것이다. 시의 운명이 그러하며 시인은 그것을 촉발하는 반딧불과도 같은 존재이다. 그때 우리에게는 단 한 편의 '시'만이 남을 것이다. 그러니 시인이여 슬퍼하지 말기를. 우리는 언젠가 이 우주를 돌고 돌아서 다시 만날 것임을 잘 알고 있다. 사랑하는 '이녁'은 불멸한다.

가시 없는 뻐꾹채 가시 없는 조뱅이 가시 없는 절굿대
그 옆에 가시 없는 수리취

또 그 옆에 샅샅이 가시 돋친 가시엉겅퀴

대궁서껀 이파리서껀 달빛 절이고

오르막을 생각하면 발목이 환해지고, 내리막을 생각
하면 여울물소리가 들려
드문드문 초록 귓바퀴 돋고
물 길어 쌀물 안친 죄, 햇빛 훔쳐 꽃 헹군 죄
물은 흘러도 산그늘은 늘 제자리

유똥치마 자미사 본견 저고리에 자주 고름, 철벙철벙
개울물 건너듯 건너가고

뺨 가웃 저녁 볕뉘, 마름질하던 바람이 가던 길을 마
저 간다

가시 없는 뻐꾹채 가시 없는 조뱅이 가시 없는 절굿대
그 옆에 가시 없는 수리취
또 그 옆에, 샅샅이 가시 돋친 가시엉겅퀴
　　　　—「가시엉겅퀴」전문

시와반시 기획시인선 014
저 달, 발꿈치가 없다

2020년 5월 15일 초판 1쇄

지은이 | 박윤우
펴낸이 | 강현국
펴낸곳 | 도서출판 시와반시

등록 | 2011년 10월 21일 (제25100-2011-000034호)
주소 | 대구광역시 수성구 지산로 14길 83, 101-2408호
대표전화 | 053)654-0027
팩스 | 053)622-0377
E-mail | khguk92@hanmail.net

ISBN 978-89-8345-088-3 03800

*이 도서는 2019년도 아르코문학창작기금 지원사업에 선정되어
발간된 작품입니다.

이 도서의 국립중앙도서관 출판예정도서목록(CIP)은 서지정보유통지원시스템
홈페이지(http://seoji.nl.go.kr)와 국가자료종합목록 구축시스템(http://kolis-
net.nl.go.kr)에서 이용하실 수 있습니다. (CIP제어번호 : CIP2020016086)